Jochen Krohn
Der Stein des Anstoßes

Impressum

Herstellung und Verlag: BoD – Books on Demand, Norderstedt
ISBN 978-3-7494-7625-1

Lektorat   Renate Krohn, Leverkusen
Coverbild   BoD

Illustrationen   Jochen Krohn, Leverkusen

Satz   Renate Krohn, Leverkusen

Jochen Krohn

Der Stein des Anstoßes
Erzählungen und Gedichte

lebensnah, realistisch, sowie zum
Schmunzeln und Nachdenken

Jochen Krohn *1938 in Dresden, verbrachte seine Kindheit in Potsdam.1953 Übersiedlung nach Köln
Seine Liebe fürs Schreiben entdeckte Jochen Krohn erst verhältnismäßig spät; wobei kritische, romantische, aber auch humorvolle Gedichte, Erzählungen und Kurzgeschichten, in denen sich sowohl irreale als auch unabänderliche Gegebenheiten widerspiegeln, den Vorrang haben. Dabei wird sowohl offene als auch verdeckte Kritik an unserer Gesellschaft deutlich.
Der Autor lebt mit seiner Frau in Leverkusen.

Jugendliebe

Sie kannten sich bereits aus der Schulzeit, getrennt nur durch eine Klasse. Als Klaus die sechste Klasse beendete, wechselte er auf eine weiterführende Schule im Nachbarort. Seine Freundin Beate zog es nach Frankreich – sie wollte die Sprache vervollständigen und fand bei einer Familie mit zwei Kindern Unterkunft für ein Jahr. Der Technik sei Dank, verloren sich Beate und Klaus nicht aus den Augen. Wofür gab es Smartphon oder Skype. Wenn es bei den Jugendlichen auch nicht mehr so angesagt war, griffen beide manchmal noch zu Kugelschreiber und Briefpapier.

Die Zeit ging dahin; Beate war zurück in der Heimat und bekam eine Anstellung in einem großen Unternehmen, in dem auch ihre Sprachkenntnisse gefragt waren. Sie wohnte wieder im Elternhaus, in ihrem alten Kinderzimmer, das jetzt, ein bisschen umgemodelt, zum Jugendzimmer avanciert war. Dank ihres Einkommens war es kein Problem, sich an den monatlichen Kosten zu beteiligen. Nun sahen die Beiden sich wieder öfter und bemerkten, dass die räumliche Entfernung ihnen nicht geschadet hatte. Klaus stieg im Nachbarort ins elterliche Buch- und Pressegeschäft ein. Auch er hauste wieder als Junggeselle in seinem Zimmer unterm Dach im elterlichen Haus.

Die Jahre gingen ins Land; Klaus und Beate hatten zueinander gefunden, so dass sie ihre Liebe mit einem Trauschein besiegelten. Vorher stellte sich die Frage: „Wo wohnen wir?"
Sie diskutierten mit beiden Elternteilen und einigten sich. Auf dem Grundstück von Beates Eltern war noch ausreichend Platz, dort wollten sie anbauen. Die Eltern schlugen einen Flachbau vor;

Wohn- und Schlafzimmer, sowie Bad. Zur Küche sollte ein Durchbruch gemacht werden, so dass sie diese gemeinsam nutzen könnten. „Wenn alles fertig ist, dient dieser Teil als Alterssitz und Ihr könntet später noch das Haus nach Eurem Gusto umbauen", meinten die Eltern.

„Keine schlechte Idee", sagte Beate, nachdem Klaus ebenfalls einverstanden war.

„Sein Elternhaus könne man, nachdem die Eltern nicht mehr wären, vermieten", bemerkte Klaus.

*

Beide bekamen kaum mit, wie die Zeit verging. Seine Eltern lebten inzwischen in einer Senioreneinrichtung, da sie sich nicht mehr selbst versorgen konnten und Klaus ließ, wie viele Jahre zuvor besprochen, das Haus renovieren. Dazu gehörte auch die Erneuerung der sanitären Einrichtungen. Nach Fertigstellung vermietete er es an ein junges Ehepaar zu einem günstigen Preis. Er wusste aus Erfahrung, wie schwierig es in der heutigen Zeit geworden war, bezahlbaren Wohnraum zu finden.

Beates Vater hatte vor einigen Monaten das Zeitliche gesegnet und die Mutter lebte in dem Anbau allein. Mit ihrer Rente unterstützte sie ihre Tochter und den Schwiegersohn, da die beiden inzwischen zwei Kinder hatten und Beate nicht mehr arbeiten konnte. Seitdem der Opa verstorben war, sah man die Oma oft im Wohnzimmer am Fenster zur Straße in einem bequemen Sessel sitzen und dem Leben auf der Straße zuschauen.

*

An einem Abend im November, Beates Mutter war versorgt und die Kinder hielten sich nach dem Abendessen in ihren Zimmern auf, als Beate und Klaus im Wohnzimmer saßen und bei einer guten Flasche Rotwein dem Don Kosaken Chor zuhörten. Der letzte Ton war verklungen und beide dachten das Gleiche… sie erinnerten sich an die erste Reise nach Moskau und alles stand gleich wieder bildlich vor ihnen. Klaus schmunzelte versonnen und Beate fragte: „Ist dein Lächeln eingefroren?"

Er zuckte fast ein wenig zusammen. „Nein, ich dachte gerade darüber nach, dass wir im kommenden Monat die letzte Rate bezahlen werden, dank der Beiträge deiner Mutter."

Als Beate am nächsten Morgen zu ihrer Mutter hinüber ging, blieb sie erstaunt an der Wohnzimmertür stehen. Die Mutter saß in ihrem Ohrensessel am Fenster und schlief.

Mit einem „Guten Morgen Mutti" begrüßte Beate sie munter … Keine Reaktion. Sie näherte sich dem Sessel und fasste sie an der Schulter. Da rutschte ihre Mutter zur Seite. Beates Schrei hörte man im ganzen Haus. Sie hastete zum Telefon, um den Arzt zu rufen. Der kam umgehend, konnte aber nur noch den Tod der alten Dame feststellen. Als nächstes rief sie Klaus an, der sich bereits an seinem Arbeitsplatz befand. Von Schluchzern unterbrochen berichtete Beate, was passiert war; Klaus reagierte prompt: „Ich komme sofort."

Daheim angekommen versuchte er, so gut es ging, seine Frau zu trösten. Die nächsten Tage wurden turbulent; zuerst Info an das Beerdigungsinstitut vor Ort. Verwandte und Freunde benachrichtigen und so weiter.

Als sie wieder zur Ruhe kamen und bei einem Glas Wein im Wohnzimmer saßen, fragte Klaus: „Erinnerst du dich an einen Artikel in der Zeitung vor einiger Zeit? Da hatte doch tatsächlich ein

Ehepaar die verstorbene Mutter im Sessel am Fenster sitzen lassen bis die nächste Rente fällig war."
Ein Schelm, der Böses dabei denkt!

Freundschaft

Ulrich freute sich; der letzte Schultag vor den langen Sommerferien. Seine Eltern würden nicht meckern können, das Zeugnis zeigte zufrieden stellende Noten. Er ging demzufolge ganz entspannt nach Hause und freute sich, in wenigen Tagen wieder zu Tante Emilie und Onkel Willi nach Schenkenberg fahren zu können.
Onkel Willi nannte sich Großonkel; er war bereits der Onkel seines Vaters. Wie er sich nannte, war Ulrich egal, Hauptsache er durfte wieder nach Schenkenberg.
In den nächsten Tagen packte man den kleinen Koffer, die Fahrkarte für die Bahnfahrt hatte seine Mutter schon besorgt. Für ein solches Unterfangen reichte das Taschengeld nicht aus.
Große Verabschiedung auf dem Bahnsteig. Ermahnungen, die an Ulrich vorbei liefen, weil er sie ohnehin immer mit auf den Weg bekam. Dann winkten die Eltern noch, als der Zug bereits aus dem Bahnhof fuhr. Allzu weit war es nicht und nach ruhiger Fahrt erreichte er nach etwas über zwei Stunden sein Ziel – den Bahnhof Götz. Der Onkel stand schon auf dem Bahnsteig, um ihn in Empfang zu nehmen. Mit Pferd und Wagen ging es dann ganz gemächlich noch mal eine Stunde weiter bis zum Hof in Schenkenberg in die Gartenstraße. Tante Emilie und die beiden Töchter Elisabeth und Waltraud begrüßten ihn herzlich. Auch Ulrich freute sich auf die Zeit auf dem Hof, doch erst einmal bezog er sein klei-

nes Zimmer im ersten Stock und verstaute die Sachen. Dann stand das Abendessen an. Das dauerte etwas länger, denn es gab viel zu erzählen.

*

Der Tag hatte es in sich – all die vertrauten und doch neuen Eindrücke forderten ihren Tribut. Ulrich schlief unter einem dicken Plumeau wie ein Murmeltier. Den Wecker, der ihn aus den schönsten Träumen riss, hätte er fast überhört. Und zu spät zum Frühstück kommen, das ging gar nicht. Danach zog er sich die mitgebrachten Gummistiefel an und der Onkel zeigte ihm, was es Neues auf dem Hof und in den Ställen gab. Zwei Kühe hatten Kälbchen bekommen; die Gänse hatten sich vermehrt und die Hühner legten immer noch die Eier in die Scheune, bis auf eine Henne. Onkel Willi erzählte, dass dieses Huhn sich eine besondere Stelle ausgesucht hatte… Dieses dumme Vieh verschwand zum Eier legen in der Hundehütte des Hofhundes. „Pfiffi"! „Die Beiden haben regelrecht Freundschaft geschlossen", meinte Onkel Willi „und wir müssen mit Pfiffi in den Garten gehen, wenn wir an das Ei kommen wollen! Der passt auf und lässt niemanden in die Hütte, wenn das Huhn drin ist."
In den nächsten Tagen war Ulrich beschäftigt. Er half beim Füttern, Stall ausmisten und neu einstreuen. Nicht, wie heute üblich, wo die armen Tiere auf Brettern oder oft auf einem Boden aus Beton liegen und stehen.
Er suchte auch die Scheune täglich nach Eiern ab, sogar mit Pfiffi schloss er, nach anfänglichen Befürchtungen, Freundschaft. Er durfte, oh Wunder, das Ei aus der Hütte holen, ohne dass Pfiffi auf ihn losging.

*

Die Wochen flogen dahin; ausgefüllte Tage mit Futter besorgen, die fünf Gänse auf dem Platz hinter dem Haus hüten. Und vieles andere mehr. Sogar bei der Tabakernte leistete er dem Onkel hilfreiche Dienste. Die unteren Blätter wurden abgemacht, auf einem Draht aufgespießt und zum Trocknen im Schuppen aufgehängt.
Der Kirschbaum im Garten am Haus trug so viele Früchte, dass sich die Äste unter der Last bogen. In den oberen Ästen durfte Ulrich, mittels einer langen Leiter, beim Pflücken helfen. Ab und an verschwand eine besonders reife Frucht in seinem Mund.
Lecker!

Dann war es schon wieder soweit, der Abschied von Tante, Onkel und den Cousinen nahte. Vier schöne, erlebnisreiche Wochen gingen zu Ende. Ulrich verabschiedete sich von den, ihm lieb gewordenen, Tieren auf dem Hof mit einem Rundgang. Am längsten verweilte er bei Pfiffi, der sich genauso wie Ulrich freute, wenn sie sich sahen. Der sonst so unzugängliche Hund, hatte den kleinen Urlaubsgast fest in sein Herz geschlossen.

Onkel Willi brachte Uli wieder zum Bahnhof und der freute sich, ein letztes Mal mit Pferd und Wagen unterwegs zu sein. Daheim gab es wieder nur stinkende Autos.
Auch der Onkel hatte mit Rührung zu kämpfen. Er winkte noch, als der Zug fast nicht mehr zu sehen war, hatte er doch seine Freude daran, diesen lieben Kerl ein paar Wochen um sich zu haben. Am meisten beeindruckte ihn, wie fürsorglich Ulrich mit den Tieren umging.

*

Im Zug ergatterte Ulrich einen Fensterplatz, so sah er die Landschaft noch einmal an sich vorbei ziehen. Nach knapp zwei Stunden fuhr der Zug in seinen Heimatbahnhof ein; er sah seine Eltern schon und sie winkten sich zu. Nach der herzlichen Begrüßung, freuten sie sich, ihren Sohn wieder in die Arme zu schließen und Ulrich begann gleich zu erzählen. Von seinen Freunden, den Tieren, von dem Hund, der ein Huhn zum Freund hat und von all dem, was er in den vier Wochen erlebte. Ulrich schaute seine Eltern an: „In den nächsten Ferien fahre ich da wieder hin. Freunde muss man doch ab und zu besuchen, nicht wahr?" Dabei sah er seine Eltern fragend an.

Ein sturer Esel

Im Hochhaus wohnt seit Jahr und Tag
eine Familie, die Vieles nicht mag.
Fenster, die man nicht öffnen kann
Tag und Nacht wummert die Klimaanlage dann

Eines Tages spricht der Familienrat:
Wir bauen ein Haus, weit vor der Stadt.
Auf einem Grund mit viel Grün und Wiese,
die Kinder haben Platz zum Spielen.

Nachdem ein Grundstück nun gefunden,
ging man zur Bank als guter Kunde,
um nach einem Kredit zu fragen
und diesen über Jahre abzutragen.

Das Haus ist alsdann fertig gebaut,
das Grundstück gesichert mit einem Zaun,
eine Holzbrücke gibt es als Zugang zur Straße
über einen Bach, der nennt sich *Hase*.

Doch die Kinder brauchten Spielgefährten;
da kam den Eltern eine tolle Idee:
Wir schaffen einen Esel an!
Die Kinder sind entzückt,
zum Einkaufen und zur Schule nehmen wir ihn mit…

Doch, oh weh, vor der Brücke macht der Esel stopp,
übers Wasser gehen … nix da, auch wenn man ihn schob!
Tja, und nun war der Esel allein am Tag,
und grämte sich, weil er das nun gar nicht mag.

Eines Tages war es dann soweit…
Der Esel hatte sich allein befreit,
mit Anlauf sprang er übern Zaun
und ist dem einsamen Leben einfach abgehau'n!

Nun, was lernen wir …
Der Esel ist ein Herdentier,
vor allem hat er seinen eigenen Kopf,
wenn's ihm nicht passt, dann ist er fort.

Moral – im weitesten Sinne

Was ist Moral?
Im Lexikon liest Emil dazu: (lat. mos. „Sitte") Sittlichkeit, Sitte, sittlicher Geist, Sittenlehre (als solche gleichbedeutend mit Ethik).

Sie, das sind die Klassenkameraden und Emil, sechste Klasse der Grundschule Bornim. Soeben kamen sie aus der großen Pause und noch außer Atem vom Ballspielen; warteten sie auf ihren Deutschlehrer. Als der eintrat, wurde er manierlich begrüßt und er eröffnete seinen Schülern: „Wir schreiben heute einen Aufsatz zum Thema Moral."
Es dauerte sicherlich ungefähr fünf Minuten, bis sie begriffen hatten: *der meint das wirklich ernst*!
Hans, der Klassensprecher, meldet sich und als ihm das Wort erteilt wurde, stand er auf: „Bitteschön Herr Schmitt, wie sollen wir einen Aufsatz über die Moral schreiben? Soviel ich mich erinnere", fragend dreht er sich zur Klasse um: „Nicht wahr Kameraden" – hatten wir das Thema noch gar nicht behandelt?"
„Natürlich haben wir das", entgegnet Herr Schmitt, „aber so ist das mit Euch! Nur Fußball und junge Mädchen im Kopf ... ist das vielleicht moralisch? Also gut, schreiben wir heute ein Diktat und zuhause wird der Aufsatz nachgeholt. Dann könnt Ihr gleich Eure Eltern zu Rate ziehen!" Letzteres kam fast ein wenig ironisch.
So gegen vierzehn Uhr wurden sie dann aus dem Unterricht entlassen und Emil stand vor dem Problem, seine Eltern fragen zu wollen, aber nicht zu können. Beide gingen arbeiten und kamen erst ungefähr gegen siebzehn Uhr nach Hause. Emil überlegte und entschloss sich, alle anderen Aufgaben vorzuziehen und dieses komische Thema erst zum Schluss anzupacken.

Nach etwa eineinhalb Stunden war alles erledigt und Emil machte sich an den Aufsatz. Wie war das doch gleich? Moral gleich Sitte! Hm, Sitte...? Das ist doch alles das, was unsere Eltern und Großeltern überliefert haben. Oder ist das Brauchtum? Er erinnerte sich, seine Eltern sagten bei Tisch immer: *Ellbogen vom Tisch beim Essen; setz dich gesittet hin!"* Oder waren das Manieren? Woher soll ein Zwölfjähriger wissen, was ist Moral und was ist Ethik? Ist das nur was für Erwachsene? Oder sollte Emil etwas falsch verstanden haben? Wie dem auch sei, wozu sind Eltern schließlich da ... Emil entschloss sich, jetzt erst einmal etwas spielen zu gehen und dann würde man weitersehen. Oder, überlegte er, hat das vielleicht mit Moral zu tun, wenn ich jetzt spielen gehe und meinen Eltern die Arbeit für meinen Aufsatz überlasse?

Ach was! Es wird sich alles aufklären.

Nachdem die Eltern geschafft von der Arbeit nach Hause kamen, gönnte Emil Ihnen eine kurze Auszeit und wartete mit seinem Anliegen bis nach dem Abendessen. Diese Zeit war die beschaulichste. Alle waren mit Kauen und Schlucken beschäftigt, keiner tadelte oder rief ihn zur Ordnung.

Haben diese Gedanken schon mit meinem Thema zu tun? fragte er sich. Man würde sehen.

Nach dem Essen, die Küche war wieder blank, Mutter nahm sich seiner defekten Strümpfe an, Vater stopfte sich die Pfeife, da kam auch schon die obligatorische Frage: "… wie war es denn heute in der Schule? Zeige uns mal die Hausaufgaben!"

Emil legte die Hefte vor und erklärte: „Es ist alles soweit erledigt, bis ...nun ja, bis auf einen Aufsatz."

Vater fuhr sofort auf: „Und warum ist der noch nicht fertig?"

Er rückte mit seinem Problem heraus: „Ich soll einen Aufsatz über **Moral** schreiben".

„Ja und?", fragte der Vater zurück, „weißt du nicht, was Moral ist? Ich gebe dir ein Beispiel: Wenn Mutter in der Küche kocht oder spült und du sitzt daneben und guckst zu, das wäre unmoralisch. Anstandshalber müsstest du ihr helfen."

Emil fragte: „Was hat das alles mit Moral zu tun, wenn ich *anstandshalber* helfen soll?"

„Gut", sagte sein Vater, „ein anderes Beispiel: „Wir gehen alle gemeinsam im Park spazieren. Da kommt uns jemand entgegen, der beginnt, deine Mutter zu beschimpfen. Die Moral gebietet, dass wir zusammen halten und deine Mutter beschützen. Denn, wir sind eine Familie und es ist Sitte, dass die zusammen hält!"

„Moral – Sitte....", sagte er, „muss man nicht erst einmal fragen, warum ein Mensch, wie du sagst, gegen diesen Grundsatz vestößt? Übrigens, wer hat eigentlich festgelegt, was Moral ist? Wenn **ich** schon nicht begreife, was es ist und ich nehme an auch noch Tausende meiner Mitmenschen, sollte man erst einmal diese Tatsache klären. Und warum wurden die Begriffe, Moral, Sitte, Ethik festgelegt? Wieso verlangt Lehrer Schmitt von uns, über dieses Thema einen Aufsatz zu schreiben, ohne uns zunächst das Warum zu erklären?"

In der Zwischenzeit war Vaters Pfeife ausgegangen; er riss sich ein Zündholz an und beschäftigte sich intensiv mit dem erneuten Anzünden. Oder war es Verlegenheit? Wusste auch Vater nicht zu erklären, was mit dem Begriff Moral gemeint ist? Seine Mutter stopfte immer noch Strümpfe und hielt sich zurück. Meistens teilte sie Vaters Meinung, wie Emil immer fand. So machte er erst gar keinen Anlauf, seine Mutter in das Gespräch einzubeziehen. Als die Pfeife wieder qualmte, versuchte sein Vater am Beispiel unserer Politiker noch einmal, die Moral zu erklären.

„Sieh mal, mein Junge", hub er an, „das Volk – also wir – wählen alle vier Jahre ein neues Parlament. Die Minister, die aus den gewählten Parteien kommen, sollen uns regieren und in aller Welt vertreten. Damit sie dies tun können, werden sie durch Steuern von uns bezahlt. Wenn diese Leute ihre Position missbrauchen, also sagen wir, sich selber Vorteile verschaffen statt ausschließlich zum Wohle des Volkes zu arbeiten, ist das unmoralisch!"

„Vater", sagte Emil, „als Beispiel: wenn du acht Stunden in der Firma arbeitest und dann, wenn du nach Hause kommst, noch mal zwei Stunden privat Autos reparierst, dafür bezahlt wirst und dadurch anderen die Arbeit wegnimmst, ist das unmoralisch?"

Überrascht schaute Emils Vater hoch, nahm seine Pfeife aus dem Mund, sie war inzwischen sowieso schon wieder aus, und sagte: „Ich glaube, du könntest beginnen den Aufsatz schreiben."

Emil überlegte kurz: ist es Sitte, wenn man nicht mehr weiter weiß, ohne erklärenden Kommentar ein Gespräch zu beenden? Vater versuchte, ihm Beispiele zu nennen, aber es lief immer wieder auf die Frage hinaus – ist das unmoralisch?

Wenn man also das Gegenteil von dem tun würde, wäre man dann ein *Moralapostel*?

Schon wieder eine Frage zu diesem so schwierigen Thema.

Emil setzte sich hin, verarbeitete alle Fragen und Beispiele nach bestem Wissen in seinem Aufsatz und hoffte, die Schulnote würde nicht ganz so schlecht ausfallen.

Keine Zeit

Ilona und Horst galten als das, was man ein erfolgreiches Ehepaar nennt. Sie, Filialleiterin in einem großen Kaufhaus, er, Meister in einem Kfz-Betrieb. Die Finanzen erlaubten ihnen, vor der Stadt ein eigenes Haus zu bauen, umrundet von einer immergrünen Hecke. Das einzige *Schlupfloch* war der Hauseingang und die Einfahrt zur Garage.

Wochenende! Beide genossen es, einmal gründlich abzuschalten. Ilona werkelte am Abend noch in der Küche, während Horst den Tisch deckte und eine gute Flasche Rotwein öffnete. Ilona kam aus der Küche, um das Abendessen aufzutragen, sah die Flasche Wein auf dem Tisch und fragte Horst: „Gibt es etwas zu feiern?"

Der grinste über beide Ohren. „Ja … man hat mich zum Direktor all' unserer Werkstätten befördert!"

„Na, dann aber herzlichen Glückwunsch!" Sie nahm ihren Horst in den Arm und lächelte dabei. Auf seine Frage, was denn nun ihr schelmisches Lächeln zu bedeuten habe, entgegnete sie. „Ich habe auch eine Überraschung für dich."

„Wie, bist du auch befördert worden?"

„Ja … zur werdenden Mutter!"

Nun war es an Horst, seine Ilona in den Arm zu nehmen und mal fest zu drücken. Gut, dass es zum Abend nur *Kaltes* zu essen gab – man brauchte es nicht wieder aufzuwärmen.

An diesem Abend gab es noch vieles zu besprechen, wobei zunächst einmal das Sachliche überwog. Absprache mit dem Arbeitgeber; im späteren Stadium der Schwangerschaft eine Haushaltshilfe zu organisieren, Kinderzimmer planen, und so weiter. Es war spät geworden als beide, nachdem alles aufgeräumt war, ins Schlafzimmer verschwanden. – Aufgrund der Schwangerschaft verzichtete Ilona auf ihren Teil des Rotweines. Horst hatte allerdings kein Problem damit, den größeren Part allein zu bewältigen. Höchst zufrieden kuschelten sie sich aneinander und schliefen mit einem Lächeln ein.

*

In den nächsten Monaten wurde im Hause I. und H. Schade fleißig gewerkelt. Das Gästezimmer wurde umfunktioniert und renoviert; ein Kinderbett und ein Wickeltisch mussten her. Ans Fenster kamen kindgerechte Gardinen.

Als Ilona im achten Monat schwanger war, übergab sie ihren Job an eine Vertreterin. Sie wurde langsam unbeweglich; außerdem wollte sie sich in aller Ruhe auf das freudige Ereignis vorbereiten.

An einem Sonntag, dem sechzehnten Februar zweitausendneunzehn kam, gesund und munter, Sohn Andreas zur Welt. Dank eines Vorbereitungskurses für werdende Mütter, an dem auch viele Väter teilnahmen, wurde der Umgang mit dem Neugeborenen zur Freude. Der Kleine entwickelte sich prächtig und das Elternpaar dachte über eine Betreuung nach, wenn sie beide wieder arbeiten mussten. In den letzten vier Wochen vor Andreas' erstem Geburtstag stellten sich verschiedene Personen mit und ohne Erfahrung vor.

Eine Woche vor dem Ende von Ilonas Auszeit kam Horst nach Hause und verkündete: „Ich glaube, ich habe eine Betreuerin für unseren Sprössling gefunden. Eine unserer Kundinnen erzählte mir, dass ihre siebzehnjährige Tochter nicht so recht weiß, was sie machen soll. Weiter zur Schule will sie nicht, zu einem Beruf kann sie sich noch nicht entschließen, aber daheim rumsitzen möchte sie auch nicht. Ich habe mit ihr vereinbart, ihre Tochter Sabine Übermorgen zu uns zu schicken; wir würden an dem Tag pünktlich Feierabend machen. Wenn sie möchte, wäre auch sie, die Mutter, willkommen. Eltern sollten schon wissen, wo sich ihre Kinder tagsüber aufhalten und mit welchen Menschen sie zusammen sind."

*

Zwei Tage später, pünktlich um achtzehn Uhr, standen Sabine und ihre Mutter am Gartentor und drückten auf den Klingelknopf. Ein Summen ertönte und die Pforte öffnete sich lautlos. An der Haustür wurden sie von Ilona und Horst freundlich empfangen. Ilona und Sabine begaben sich zur Hausbesichtigung und begannen im Kinderzimmer. Als Sabine vor dem Bettchen stand und Andreas sie anstrahlte, stand der Entschluss fest. Zur weiteren Besprechung setzten sich die Vier ins Wohnzimmer. Ilona und Horst hatten sich bereits zugenickt, als sie Sabine fragte, ob sie sich diese Arbeit zutraute und vor allem, ob auch das Umfeld ihren Vorstellungen entsprach. Nachdem die arbeitsrechtlichen Dinge besprochen: Arbeitsvertrag, Krankenversicherung, Sozialversicherung und Gehalt, schauten alle auf Sabine. Diese nickte und auch ihre Mutter war froh, ihre Tochter endlich in einer zufrieden stellenden Arbeitsstelle untergebracht zu haben. Bei der Verabschiedung am Gartentor wurden die Beiden wie selbstverständlich zu Andreas erstem Geburtstag eingeladen.

*

Die Jahre vergingen wie im Flug. Andreas und Sabine wuchsen regelrecht zusammen und freuten sich immer mehr aufeinander. Er

lernte von ihr die ersten Worte und genoss es, wenn sie ihm Geschichten vorlas. Wenn Sabine ihn abends, wenn die Eltern heimkamen, verließ, zerdrückte Andreas auch so manches Tränchen.
Sie war seine Sabine.
„Kannst du nicht immer bei mir bleiben? Da steht doch noch ein Bett im Zimmer…" Er mochte es einfach nicht, allein zu sein.

Für Andreas begann das, was man als den Ernst des Lebens bezeichnete. Die Schule. Ab jetzt sollte Sabine erst mittags kommen; die Schularbeiten machten sie gemeinsam. Lesen konnte Andreas sowieso schon und überraschte Sabine manchmal, in dem er ihr aus einem Kinderbuch selbst etwas vorlas.
Die Zeit ging dahin; Andreas kam in die sechste Klasse – er zählte inzwischen zwölf Jahre. Und nun … kam *seine* Sabine nicht mehr. Als an diesem Tag seine Eltern heimkamen, fragte Andreas, warum Sabine nicht mehr kommen würde.
„Wir haben ihr gekündigt. Du bist jetzt alt genug, um den Nachmittag mit Schularbeiten, lesen und Sport allein zu verbringen."
„Ohne vorher mit mir darüber zu sprechen?"
Still aß er sein Abendbrot, stand auf und verließ wortlos den Esstisch. In seinem Zimmer grübelte er: auch Sabine hatte nicht mit ihm gesprochen, dass ihr gekündigt wurde. Warum?
In den nächsten Tagen ließ ihn das Ganze nicht zur Ruhe kommen. Er nahm sich vor, bei Sabine zuhause vorbei zu schauen und sie nach dem Grund zu fragen.

*

An einem Freitag, kurz vor den Schulferien, der Wecker zeigte bereits nach sieben Uhr, als Andreas' Vater die Treppe hoch sauste und, ohne anzuklopfen, die Tür aufriss. Lag doch sein Sohn noch friedlich dösend im Bett. Lautstark fragte er seinen Filius: „Willst du heute die Schule schwänzen? Raus! Aber ein bisschen plötzlich!"

Andreas blickte seinen Vater erschrocken an. „Ich habe heute keine Schule."

„Und warum erfahre ich das erst jetzt?"

„Meine Klasse ist auf Klassenfahrt und ich hatte keine Lust."

Von der Lautstärke aufgeschreckt, stand plötzlich auch die Mutter in der Tür. Bevor sie den Mund öffnen konnte, drehte Horst sich zu ihr um und zeigte auf Andreas. „Das ist dein Sohn. Er hat es nicht nötig, uns zu informieren, dass er frei hat. Das besprechen wir heute Abend noch intensiv...!" Damit drehte er sich um: „Wir müssen zur Arbeit."

Dann war Andreas allein.

Er war inzwischen hellwach und dachte spontan: *so ist das ... wenn Vater nix sagt, warum er Sabine entlassen hat, ist das okay. Wenn ich ihm nicht sage, dass ich frei habe, ist das was ganz Anderes.*

Mit schlafen war es ohnehin vorbei; er machte Morgentoilette und ging hinunter in die Küche zum Frühstücken. Nix fertig! Nun gut, er wusste sich zu helfen, schmierte sich ein Brot mit Butter und belegte es mit Wurst. Ein Zweites, mit Butter und Honig, legte beide auf ein Brettchen und drehte sich zum Küchentisch um. Dummerweise lag das Messer noch halb auf dem Brett und die Schwerkraft ließ es nach unten und auch noch unter den Küchenschrank sausen. Aus dem Kühlschrank nahm er noch eine Milch und stellte alles auf den Tisch. Dann bückte er sich, um das Messer aufzuheben. Dieses war ziemlich weit nach hinten gerutscht und er musste eine Taschenlampe holen, um damit bis in die hinterste Ecke leuchten zu können. Überraschung … er fand nicht nur das Messer, sondern auch Mutters angeblich verschwundenen Ring. Sofort machte es klick in seinem Kopf; war das der Grund für Sabines Entlassung? Das musste geklärt werden!

*

Andreas frühstückte, spülte und räumte auf, dann machte er sich auf den Weg. Zwei Stationen mit der Straßenbahn – dann stand er vor dem Wohnhaus. Wie war noch mal der Nachname? Er ging alle Klingelknöpfe durch. Da, dritter Stock, Stückle. Mit klopfendem Herzen drückte Andreas auf den Klingelknopf und wartete.
Eine Stimme fragte: „Wer ist da?"
War es Sabine?
Andreas meldete sich mit Vor- und Zuname; der Türöffner wurde betätigt. Er ignorierte den Aufzug und somit blieb ihm Zeit, sich zu überlegen, welchen Besuchsgrund er nennen sollte. In der dritten Etage angekommen erwartete Sabine ihn an der Tür.
„Komm rein."
Er trat in die Wohnung, Sabine schloss die Tür und nahm Andreas in den Arm. Sie freute sich so riesig über dieses Wiedersehen, dass sie ihm ein Kuss gab. „Bist du allein?", fragte Andreas.
„Ja, Mutter muss arbeiten. Zieh deine Jacke aus und komm erstmal richtig rein."
Sabine lotste ihn in ihr Zimmer und fragte, wie es käme, dass er sie besuchte und, ob seine Eltern das erlaubt hätten.
Andreas erklärte ihr, was ihn bewogen hatte und, wie vermutet, berichtete Sabine, dass Andreas Mutter sie verdächtigte, ihren Ring gestohlen zu haben.
Andreas griff in seine Hosentasche … „Meist du den etwa?"

„Ja, genau den vermisste sie; ich war in ihren Augen schuldig."
Andreas schüttelte ungläubig den Kopf und erzählte, wo er ihn gefunden hatte.

„Ja, das ist er", sagte Sabine.

„Und was machst du jetzt? Du könntest meine Eltern, zum Beispiel, wegen falscher Verdächtigung verklagen."

„Lass es gut sein", antwortete Sabine, „wer kann schon für seine Eltern. Aber, wenn du willst, bleiben wir Freunde, ja?"

Sie trat auf ihn zu, nahm ihn in den Arm und Andreas bekam den ersten, richtigen, Kuss seines Lebens.

„Lieber Andreas, ich habe noch so einen lieben Kerl wie dich kennen gelernt. Magst du mit mir schlafen?"

Die Neugier siegte und Beide dachten nicht einen Moment an den Altersunterschied. Er hatte Sabrina einfach gern, alles andere war ihm im Moment egal. Nun doch ein wenig gehemmt, entledigten sie sich ihrer Kleider, zogen die Gardinen zu und ließen sich auf Sabines Schlafcouch fallen.

*

Ilona und Horst kamen von der Arbeit nach Hause und fanden die Wohnung leer. Von Andreas keine Spur. Wo konnte er sein; hatte er etwas gesagt? Nachdem er erfuhr, dass wir Sabine gekündigt hatten, redete er nicht mehr mit uns…

Gegen zweiundzwanzig Uhr läutete es an der Gartenpforte. Horst fragte: „Wer da?"

„Andreas – ich habe meinen Schlüssel vergessen."

Der Türöffner summte und Andreas trat ein.

„Wo kommst du denn jetzt her?"

„Das erzähle ich Euch, wenn ich in der Wohnung bin und mich etwas erfrischt habe."

Instinktmäßig hielt sein Vater den Mund. Irgendetwas in der Tonart hielt ihn davon ab und das Auftreten seines Sohnes sagte ihm, dass er sich verändert hatte.

Andreas ging in sein Zimmer, machte sich frisch und kam dann ins Wohnzimmer. Die Eltern warteten gespannt auf seinen Bericht.

Dieses Prozedere dauerte eine knappe halbe Stunde, dann trat er seinen Eltern gegenüber.

„So", sagte er, „ich besuchte heute, da ich frei hatte, Sabine und wollte von ihr hören, warum ihr gekündigt wurde. Sie wand sich, wollte nix sagen…"

Andreas griff in seine Hosentasche, zog die Hand wieder heraus und öffnete sie. „War das der Grund?"

Beide Eltern wechselten die Gesichtsfarbe.

„Es ist sehr schade, dass bei Euch scheinbar jegliches Vertrauen abhanden gekommen ist. Macht ruhig weiter so. Ich als Eurer Sohn ziehe aus und, wenn ich volljährig, also achtzehn bin, werde ich Sabine, trotz des Altersunterschiedes, heiraten. Ich habe unter anderem auch bereits eine Zusage von der Stadtverwaltung, dort eine Stelle zu bekommen. Ach – noch etwas: den Ring habe ich übrigens unter dem Küchenschrank gefunden."

Drehte sich um, ging die Treppe hinauf und verschwand in seinem Zimmer.

*

Vier Jahre später. Andreas hatte mit Sabine inzwischen zwei Kinder. Seine Eltern, Ilona und Horst, waren bei einem Unfall ums Leben gekommen und somit erbte er das Haus seiner Eltern. Diese setzten schon Jahre zuvor ein Testament auf, in dem ein Satz stand, der ihn mit den Geschehnissen der Vergangenheit einigermaßen versöhnte: „Es tut uns leid, auch wir waren nur Menschen. Und Menschen machen Fehler."

Erinnerungen

1938. Johann wird in Dresden geboren. Das ist wichtig, wenn Sie – was ich hoffe – diese Geschichte zu Ende lesen.
Der Beruf seines Vaters verschlug die Familie nach Potsdam. Eine glückliche Familie, bis … ja, bis der Vater in den Krieg ziehen musste. Mit sechs Jahren begann für Johann der Ernst des Lebens. Zumindest der erste Abschnitt: er musste zur Schule. Jetzt war alles neu, vor allem, im Unterricht still sitzen zu müssen. Das war nicht seine Sache. Trotzdem kam er ganz gut zurecht; er hatte einen lieben Banknachbarn, denn zu dieser Zeit gab es noch starre Schulbänke für jeweils zwei Kinder nebeneinander.

Man konnte sich auch, ganz heimlich, ein wenig helfen; der Lehrer merkte es meist nicht. Oder er hat vielleicht nur nix gesagt.

Eine Besonderheit für Johann war die Tatsache, dass er nicht am Religionsunterricht teilnehmen musste. Das zog sich über die ganze Schulzeit hin, weil diese Stunde immer als letzte angesetzt war. Schön für ihn; wenn seine Mitschüler aus der Schule kamen, hatte Johann seine Hausaufgaben schon erledigt. Auf Nachfrage bei seiner Mutter, warum das so sei, bekam er zur Antwort: „Wir sind in keiner Kirche, da brauchst du nicht hin." Er fragte nie wieder.

Wie jeder weiß – oder auch nicht – verlor Deutschland den Krieg und das Land wurde unter den Siegermächten aufgeteilt. Am dreiundzwanzigsten Mai neunzehnhundertneunundvierzig wurde die BRD – Bundesrepublik Deutschland – gegründet und am siebten Oktober des gleichen Jahres wurde von der Sowjetunion die Gründung der DDR ausgerufen. Im Osten Deutschlands hatten die Russen das Sagen und der Westteil wurde von den anderen Siegermächten verwaltet: jeweils ein Teil von den Amerikanern, den Engländern und den Franzosen.

Johann lebte im Osten des Landes. Als er die Volksschule, wie das damals hieß, in der achten Klasse absolviert hatte, ging es um die Frage, welchen Beruf er sich aussuchen wollte. Nach einiger Überlegung freundete er sich mit der Idee an, technischer Zeichner zu werden. Rechnen war seine Stärke.

Er marschierte zum Arbeitsamt und trug dem Beamten seinen Wunsch vor. Der schaute ihn an und meinte: „Ja, mein Junge, da hast du Pech. Dieses Jahr werden in dem Beruf nur Mädchen ausgebildet."

„Und jetzt?" Johann guckte ratlos.

Nach kurzer Überlegung entschied er sich für eine Alternative:

„Na gut, dann lerne ich Landwirtschaft." – Bei dieser Entscheidung dachte er an die Ferien bei seinem Onkel auf dem Land.
Vermittelt wurde er auf ein *Volksgut*, zirka zwei Stunden Bahnfahrt von daheim entfernt. Man schrieb das Jahr 1952.

Ein halbes Jahr später *siedelten* Johann und die übrige Familie aus der DDR in die BRD um. Dort wohnten noch Verwandte seiner Mutter. Zuvor kamen sie in einem Auffanglager unter, bis der neue Aufenthaltsort feststand. Johann war inzwischen etwas über fünfzehn Jahre alt, als ihn ein Beamter des örtlichen Arbeitsamtes auf einen Gutshof vermittelte. Vorher wurde er noch befragt, was er bislang gelernt hätte. Johanns Antwort *Landwirtschaft*, genügte nicht.
„Das gibt es bei uns nicht. Das muss schon ein wenig genauer definiert sein. Also welcher Bereich: Pferde-, Schweine- oder Rinderzucht, zum Beispiel."
So entschied sich Johann für Melker. Es machte ihm Freude, mit Tieren umzugehen. Auf dem Gut arbeitete er mit zwei weiteren Jungen zusammen, die sich den gleichen Beruf ausgesucht hatten.

Nach dem ersten Lehrjahr, Johann wurde sechzehn Jahre alt, verwies ihn sein Lehrmeister in die nahe gelegene Stadt, damit er sich einen Personalausweis ausstellen ließe.
Der freundliche Beamte fragte: „Wo geboren, Heimatadresse und welche Konfession."
„Konfession?"
„Ja, bist du katholisch oder evangelisch?"
Etwas verwirrt überlegte Johann … evangelisch hörte sich für ihn besser an und er nickte dem Beamten bei evangelisch zu.
„Also gut – du bist evangelisch."

Seit diesem Tag ist Johann mit dieser Konfession eingetragen und zahlt Kirchensteuer…
Erinnern Sie sich an den Anfang der Geschichte?

Nach Beendigung seiner Lehre wechselte er auf ein anderes Gut, machte seine Gesellenprüfung, lernte ein Mädchen kennen und wollte heiraten.
Er heuerte in einem großen Werk in der benachbarten Stadt an. Dort waren die Verdienstmöglichkeiten besser. Als alles in trockenen Tüchern war, heirateten sie. Weil der Schwiegervater es so wollte … Neuapostolisch. Denn Johanns *Geburtsurkunde* lautete nach wie vor auf: konfessionslos. Nun begann ein heilloses Durcheinander. Als das erste Kind zur Welt kam, wurde dieses zunächst nicht getauft, sondern es sollte später selber entscheiden können, was es für richtig hielt.

Johann aber zahlte weiterhin evangelische Kirchensteuer…
Da kam er auf die Idee, den örtlichen Pfarrer mal zu fragen, wie man diese Rubrik im Ausweis berichtigen könne. Gesagt, getan. Dessen Rat nach Johanns Bericht war: „Bringen Sie eine Bescheinigung des Krankenhauses, in dem Sie geboren wurde, bei."
Wie sagt man im Volksmund: *Mühe allein genügt nicht* … das Krankenhaus wurde im Krieg zerstört; also keine Chance. Danach handelte Johannes konsequent und trat aus der evangelischen Kirche aus, in die er nie eingetreten war. Nun war er wieder konfessionslos. Da es ihm gut ging und er dieses Geld nicht unbedingt benötigte, spendete er monatlich einen Obolus für bedürftige Kinder.

*

P.S.:　　In den vergangenen Tagen kam Johanns Tochter und er-
　　　　zählte ihm, dass auch sie wusste, dass der Vater Neuapostolisch sei. Doch das stimmte so nicht.
„Ich habe Neuapostolisch geheiratet, bin aber nie zum Neuaposto-
lischen Glauben übergetreten."
Das Durcheinander löste sich also auch nach mehr als fünfzig Jahren nicht unbedingt auf…

Nach einem ganzen Leben
Ich wollte dir doch noch soviel sagen...

Die Leute waren gegangen; sie wussten ja alle, wo das Reueessen
stattfand. Viele kamen zu seiner Beisetzung, er war, wie man so
schön sagt, *bekannt wie ein bunter Hund.*

Die Friedhofsbediensteten warteten diskret hinter einem Rho-
dodendron; sie wollten das Grab zuschaufeln und heimgehen.
Diese Beisetzung war die letzte, außerdem war es brütend heiß und
der Feierabend wartete.
Aber Klara, von allen im Dorf nur „Klärchen" genannt, stand noch
am offenen Grab. „*Ich wollte dir noch soviel sagen...*"
Sie konnte sich nicht trennen. Es gab ihn nicht mehr, ihren Fritz.
Ihren Fritz?
Nachdenklich starrte sie in die Grube und plötzlich lief das Leben
wie ein Film vor ihrem geistigen Auge ab:

Daheim war sie die Ältere gewesen; die jüngere Schwester hörte
auf den Namen Sofie. Bei der Schwester konnten Eltern, Onkeln

und Tanten den Namen wenigstens nicht verniedlichen. Nur bei ihr. Anstatt Klara, und das war ja auch kein hässlicher Name, wurde sie Klärchen gerufen. Das hielt sich hartnäckig bis ins Alter und ärgerte sie immer wieder. Sie versprach sich schon als junges Mädchen, sollte ich einmal Mutter werden: meine Kinder bekommen Namen, die man auf keinen Fall verhunzen kann.

Klara und Sofie kamen gut miteinander aus. Schwesterliche Zwistigkeiten gab es kaum, jedenfalls bis – na ja, bis beide begannen, sich für das andere Geschlecht zu interessieren. Beide Mädchen galten als hübsch. Klara war ein wenig schlanker als Sofie; beide hatten lange dunkle Haare und hielten auf sich. Sie gingen grundsätzlich chic angezogen und es wunderte niemanden, dass die Burschen hinter ihnen her pfiffen.

Zu der damaligen Zeit sicher nicht an der Tagesordnung, waren beide Mädchen von den Eltern aufgeklärt und sie wussten, was passieren konnte, wenn es zu mehr als einem Austausch von Küsschen oder Händchen halten kam. Vor allem der Vater hatte ihnen ans Herz gelegt: „Erst wenn ihr sicher seid, dass es der Richtige fürs Leben ist, dann erst solltet ihr mit ihm ins Bett gehen. Ihr müsst ihn heiraten können."

Bis dahin also gab es die beiden immer im Doppelpack. Egal ob ins Kino oder auf den Tanzboden; Klara und Sofie gingen gemeinsam aus. Manchmal war es für Sofie ziemlich schwierig, sich auf *alt* zu trimmen, denn an der Kinokasse durfte nicht auffallen, dass sie zwei Jahre jünger war.

An einem Samstag sah Klara ihn zum ersten Mal.. Sie besuchte den Schützenball allein. Sofie lag mit einer ausgewachsenen Grippe im Bett und musste schwitzen. Klara bot ihr natürlich sofort an, auch daheim zu bleiben. Aus schwesterlicher Solidarität sozusagen. Doch Sofie redete es ihr aus. Von ihrem eigenen Taschengeld drückte sie ihrer Schwester sogar noch ein paar Euro in die Hand und meinte: „Amüsier dich gut – am besten für mich mit."

*

Fritz war Einzelkind. Seine Eltern arbeiteten beide, verdienten gut, aber er war viel auf sich gestellt. Sie hatten ihren Jungen so gut es ging erzogen und es gab auch selten Probleme. In der Schule lief es leidlich, nicht überragend, aber zumindest blieb er niemals kleben. Fritz war ganz einfach ein ruhiger Typ.

Während seine Kameraden Fußball spielten, rumtobten, sich balgten oder anderen Leuten Streiche spielten, saß er lieber zu Hause und hörte Musik. Zudem hatte er sich im Laufe der Jahre zu einer Leseratte entwickelt. Von dem Einen oder Anderen wurde er deshalb manchmal als Spinner abgetan, doch das konnte ihm wenig anhaben. Er war sehr in sich gefestigt.

Von den Eltern bekam er schon früh jeden Monat einen bestimmten Betrag als Taschengeld, was damals nicht selbstverständlich war. Da er nicht rauchte und auch sonst keinem Laster frönte, sparte er sein Geld.

Nach Beendigung seiner Schule stellte sich die Frage: was werde ich denn nun? Seine Eltern hätten es schon gern gesehen, wenn er noch eine weiterbildende Schule angehängt hätte. Aber Fritz hatte die Nase voll und war froh, dieser Institution endlich den Rücken kehren zu können. Es war nicht so, dass er die Schule gehasst hätte, aber er wollte ganz einfach raus aus der Mühle, etwas Praktisches lernen und sein eigenes Geld verdienen. Ihn störte die Abhängigkeit von seinen Eltern und so entschied er sich, Bäcker und

Konditor zu werden. Ausschlaggebend für diese Entscheidung war wohl der Duft, der ihm aus jedem Bäckerladen entgegen wehte.

Hätte er vorher gewusst, dass er jeden Morgen um halb drei aufstehen musste, wer weiß, ob er sich nicht doch noch etwas anderes ausgesucht hätte. Nun hatte er einmal ja gesagt und da er ein Mensch mit Prinzipien war, hieß das für ihn: Augen zu und durch. Immerhin hatte dieser Beruf auch Vorteile, die Fritz gegeneinander abwog. Er war ganz zufrieden mit seiner Wahl.

Unter anderem begrüßte er es, gegen Mittag frei zu haben; andere mussten bis zum Abend im Laden bleiben und das verkaufen, was Fritz und seine Kollegen fabriziert hatten. Den Nachmittag verbrachte er meistens draußen; wanderte gern, sah immer und überall etwas Neues, was er gern in Fotos festhielt.

Daheim war er das, was manche Eltern bei ihren Sprösslingen heute gern sehen würden. Ein Muster an Ordnung.

Ausgehen stand bei ihm an letzter Stelle; die Nacht war immerhin um halb drei in der Früh zu Ende und, schon aufgrund seiner Prinzipien, legte Fritz großen Wert darauf, seine Prüfung ohne Schwierigkeiten zu bestehen.

So war es dann auch.

Nach Überreichung des Gesellenbriefes durch einen Beauftragten der Handelskammer überredeten die anderen ihn noch zu einem kleinen Imbiss.

Die darauf folgenden Tage hatte Fritz Urlaub bekommen, deshalb sagte er *spontan* – nach der gewissen Überredung seiner Kumpels! – zu, am Abend mit aufs Schützenfest im Nachbardorf zu gehen.

Sie trennten sich mit dem Versprechen, sich um neunzehn Uhr an der Bushaltestelle zu treffen.

Pünktlich, als müssten sie in die Backstube, trafen sie sich alle an der Haltestelle. Keiner von ihnen, der nicht von den Eltern den wohlgemeinten (aber meist ignorierten) Rat bekommen hätte, nicht zuviel zu trinken und beim Heimkommen leise zu sein. Die Kumpels hatten diese Ratschläge vermutlich schon vergessen, als sie in den Bus stiegen.

Am Festzelt angekommen, Eintritt bezahlt, und ein erster Gang: an die Theke. Mit einem viel zu schnell gezapften Pils stießen sie noch einmal auf die bestandene Prüfung an und ließen währenddessen ihre Blicke schweifen.

Die Kapelle begann zu spielen und alle schwärmten aus; Fritz blieb allein zurück. Sein halb gefülltes Bierglas in der Hand, sah er dem Trubel zu. Am liebsten hätte er sich schon wieder verdrückt, doch das ging nicht, weil sie ausgemacht hatten, gemeinsam den letzten Bus zu nehmen.

Fritz hatte sich gerade wieder zur Theke gedreht als er neben sich eine Stimme hörte: „Tanzen sie nicht, junger Mann?"

Fritz drehte sich um und sah sich einem jungen Mädchen gegenüber. Tiefbraune Augen und ein Schwall langer, dunkler Haare. „Ich ... ich ... ich kann nicht tanzen", stotterte Fritz.

Klara stellte sich vor und entgegnete: „Das macht nichts. Ich kann es auch nicht und deshalb sitze ich schon ewig allein an meinem Tisch. Keiner traut sich, mich zum Tanzen zu holen, weil es alle wissen... und jetzt werden wir es einfach mal probieren."

Beide versuchten mehr schlecht als recht, dem anderen nicht auf die Füße zu treten und als die Kapelle aufhörte zu spielen, waren sie durchgeschwitzt. Gesprochen hatten sie kaum miteinander, so angestrengt sahen sie auf ihre Füße. Fritz brachte Klara an den Tisch zurück und war froh, diesem Tanzversuch entronnen zu sein.

An der Theke trafen sich alle wieder und tauschten die Erlebnisse aus. Fritz hielt sich mit seiner Meinung etwas zurück; Klara hatte ihm durchaus gefallen. Einen weiteren Versuch, mit ihr zu tanzen, startete er aber nicht.

Klara, allein an ihrem Tisch, dachte ihrerseits über Fritz nach. Tanzen kann er zwar nicht, aber er sieht ganz gut aus. Groß, schlank, dunkler Typ – könnte mir gefallen.

Nachdem sie alle Varianten durchdacht hatte, entschloss sie sich, Fritz noch einmal zum Tanzen aufzufordern. Doch der war inzwischen verschwunden.

Wenn es der ganzen Bagage auch schwer fiel, sie nahmen wirklich den letzten Bus.

*

Die kommenden Tage vergingen wie im Flug; es ging auf die Feiertage zu und die Arbeit nahm kein Ende. In der knapp bemessenen Freizeit flitzte Fritz durch die Gegend und besorgte Geschenke, Blumen, Glückwunschkarten und, und, und.

Eines Tages, Fritz kam müde von der Arbeit heim, war Post für ihn gekommen. Mit fragendem Seitenblick überreichte seine Mutter ihm das Kuvert. Fritz sagte danke und verschwand in seinem Zimmer. Er drehte den Brief um und sah auf den Absender: Klara Bender, Hummelshof, Finkstraße drei.

Na so was! Fast hatte Fritz das Schützfest schon vergessen, aber nun stand ihr Bild in aller Deutlichkeit vor ihm.

Ganz fröhlich schrieb ihm Klara: „Hallo Fritz! Seit unserem gemeinsamen Tanzversuch auf dem Schützenball muss ich an dich denken. Du hast mir gefallen. Könnten wir uns wieder sehen? Vielleicht gemeinsam einen Tanzkurs besuchen? Lass es mich wissen. Klara."

Fritz war zwar allein im Zimmer, wurde dennoch verlegen. Noch nie hatte er gehört, dass ein Mädchen einen Mann *anmacht*; das war doch wohl eher umgedreht. Trotzdem musste er zugeben, dass es ihm ganz recht war. Er war schüchtern und wer weiß wie lange er auf irgendein Mädchen gewartet hätte. Außerdem, nett ist sie ja, dachte er. Also schrieb er zurück: „Hallo Klara! Nehme deinen Vorschlag an; du hast mir auch gefallen. Sobald ich Zeit habe, melde ich mich. Herzlichst Fritz Gehde."

Fritz brachte den Brief gleich zur Post, auf dem Weg dorthin überlegte er krampfhaft, wie Klara wohl an seine Anschrift gekommen war. Schien eine zielstrebige Person zu sein.

Nun gut, er hatte nichts dagegen.

*

Im Laufe ihrer verschiedenen Treffen gewöhnten sie sich aneinander und an einem Herbstabend saßen sie zusammen in einem Biergarten. Ein Plätzchen in der äußersten Ecke hatte es ihnen angetan, nicht besonders schön, aber vorteilhaft, weil niemand hören konnte, was sie sich erzählten.

Fritz bestellte beim Ober einen Roten für Klara; er blieb lieber beim Bier. Der Abend verging fast zu schnell; es war schon kurz vor elf als er Klara heimbrachte. Vor der Haustür gab er ihr die Hand zum Abschied; Klara nahm sie, zog ihn zu sich hin und ...

Fritz bekam den ersten Kuss seines Lebens. Eigentlich hatte er es auch schon versuchen wollen; aber was tun, wenn man schüchtern ist und sich nicht traut!

Fast bis Mitternacht standen sie im dunklen Hausflur. Sie hatten Geschmack aneinander gefunden; die Liebkosungen wurden fordernder; die Küsse intensiver.

Hatten sie sich ineinander verliebt?

Nun trafen sie sich, wo immer es ging: Natürlich blieb das beider Eltern nicht verborgen. Fritz hatte plötzlich keine Zeit mehr und Klara ging aus. Ohne ihre Schwester.

Irgendwann waren sie sich einig, machten Nägel mit Köpfen – wie man so sagt – und sie stellten den jeweiligen Partner den Eltern vor. Das Problem, gemeinsam in der Öffentlichkeit gesehen zu werden und zum Tratschen Anlass zu geben, war damit aus der Welt.

*

Verlobung. Danach buchten sie den ersten gemeinsamen Urlaub, ohne Eltern und freuten sich wie die Kinder.

Endlich allein!

Sommer, Sonne, Strand, Wasser und gutes Essen. Ein gemeinsames Zimmer, das erste, mit Blick auf Palmen und Meer.

Zusammen Koffer auspacken; frisch machen und zum Abendessen gehen.

Gemeinsam.

Auf dem Weg zum Hotelzimmer hing jeder seinen Gedanken nach. Fritz dachte: der Tag war lang, dazu die Wärme, der Rotwein, das gute Essen. Gleich kann ich schlafen und morgen erkunden wir die Gegend.

Klara dachte: der Tag war interessant; ein Gläschen Roten hätte ich noch vertragen. Wie wird die Nacht sein?

Im Bett kuschelten sie sich zunächst behutsam aneinander. Fritz wollte gerade hinüberduseln, als Klaras Hand ganz vorsichtig nach ihm tastete: „Schläft du schon?"

Sie rutschte herüber; noch ein Kuss und – sie übernahm wieder einmal die Initiative. Nach der Vereinigung ihrer Körper war Fritz derjenige, der nicht genug bekommen konnte.

Er überlegte: war das jetzt Liebe?

Würde der Urlaub jetzt besonders schön werden, weil sie nun ihre Körper kannten?

*

Daheim ging es auf Wohnungssuche, der Urlaub war nicht folgenlos geblieben. Klara und Fritz mussten heiraten.

Mussten!?

Die beiden waren sehr beliebt und so nahm das ganze Dorf Anteil an der Hochzeit, bloß eine Wohnung, die fand man so einfach allerdings nicht. Und Klara meinte: „Wenn keiner eine Wohnung für uns hat, bauen wir eben selbst."

Wieder einmal war es Klara, die die Richtung vorgab.

Fritz zögerte noch. Er überschlug die Finanzen und erwog andere eventuelle Möglichkeiten, doch wenn Klara sich etwas in den Kopf gesetzt hatte, klappte es auch. Fritz war es recht, seine Überlegungen waren eher: einer muss die Entscheidungen treffen; ist es denn nicht gleich, wer es tut?

Im Frühjahr wurde Tochter Ute geboren, zwei Monate später konnten sie ihr Eigenheim beziehen. Klara hatte aufgehört zu arbeiten; Kind und Haus nahmen sie voll in Anspruch.

Fritz war in seinem Beruf erfolgreich und auch er lernte den Sinn des Ausspruches: *wer viel kann, muss viel tun*, kennen.

Eines Tages überraschte Klara ihren Fritz mit der Ankündigung:
„Wir machen ein eigenes Geschäft auf. Warum sollst du eigentlich
dein ganzes Leben für andere arbeiten – wir machen das jetzt für
uns selber!"
Einwände hatte Fritz sich inzwischen abgewöhnt; es klappte ja
immer alles.
Die Ehe war harmonisch.
Der zweite Nachwuchs stellte sich ein.
Aber war das Liebe?

*

Das Geschäft blühte. Fritz *wurde* in den Schützenverein gegangen
(!) und in den Stadtrat gewählt.
Jetzt waren sie wer.
Eine glückliche (???) Familie.
Familie, ein erfolgreicher Geschäftsmann, und, und, und.
Und, und – genau.
Wo war die Zeit für den Partner?
Die Küsse wurden flüchtiger und durch drei geteilt.
Im Bett wurde nur noch geschlafen.
Die Verpflichtungen wuchsen ihnen über den Kopf und arteten in
Stress aus.
Sie hatten beide inzwischen den gleichen Hausarzt.
Letzte Woche sagte dieser zu Klara: „Achten sie etwas mehr auf
ihren Mann. Der übernimmt sich. Das Herz."
Aber es lief alles so weiter wie gehabt.
„Was soll ich denn machen, Herr Doktor?", fragte Klara.
Die Kinder waren irgendwann aus dem Haus.
Keiner wollte das Haus, keiner das Geschäft.

„Den Stress tu' ich mir nicht an", war der Tenor.

Klara hatte jetzt viel mehr Zeit; sie ging ins Fitness-Studio und tat etwas für ihren Körper. Auch im Gesangverein *Hohes C* war sie äußerst engagiert.

Dann noch das Geschäft, das Haus, der Garten...

Fritz war doch da; es lief ja alles.

Und die Ehe?

Im Bett schliefen sie nur noch nebeneinander, nicht mehr miteinander.

Sie küssten sich auch noch. Nach dem Frühstück, vor dem zu Bett gehen. Schnell. Ohne Gefühl.

Ist das Liebe?

Und dann kam es ganz plötzlich.

Das Martinshorn röhrte nervtötend in unmittelbarer Nähe.

„Wen hat es denn da wieder mal erwischt?"

Man rief sie aus dem Krankenhaus an.

„Frau Klara Gehde?"

„Ja."

„Ihr Mann – Herzinfarkt. Wir konnten ihm leider nicht mehr helfen. Bitte kommen sie vorbei."

Dann stand sie neben seinem Bett und die Zweifel kamen. Habe ich es richtig gemacht?

War es Liebe?

Auch bei mir? War es wirklich Liebe?

Oder Gewohnheit?

Oder war es *nur* eine Partnerschaft auf Zeit?

Jetzt steh ich an deinem Grab.

„Fritz – hör zu! Ich wollte dir doch noch so viel sagen."

Der Wolf im Schafspelz

Auf einer Wiese, saftig grün,
treibt der Bauer seine Schafe hin.
Rundherum ein Maschendraht,
damit kein *Fremder* Zutritt hat.

Die Schafe, die verteilen sich,
fressen das Gras, das ist ganz frisch,
irgendwann sind sie dann satt …
zum Ruhen legen sie sich ins Gras.

Nur eines steht im Eck allein,
es scheint satt, aber nicht müde zu sein.
Als es dann langsam dunkel wird,
holt der Bauer seine Schafe in den Stall zurück.

Nur dieses Eine bleibt alleine stehen,
hat der Bauer es übersehen?
Ein dunkler Schatten schleicht ums Gehege,
der Wolf hat das einsame Schaf gesehen.

Mit Anlauf und 'nem kühnen Hüpfer …
springt er rasant dann übers Gitter.
Als er das Schaf nun beißen will,
hält dieses zum Erstaunen still!

Der Wolf hingegen ganz erschrocken:
Das Schaf ist aber hart gesotten!
Sein Gebiss tut ihm arg weh,
das Schaf war nicht lebendig – neee.

Die Moral von der Geschicht'
im Emsland beißt man Schafe nicht!
Dem Wolf zum Pech – dem Bauern zum Lachen.

Sommerferien

Sechs Wochen Ferien. Was soll man da machen? Felix und Her-
berts Eltern bekamen erst in der zweiten Hälfte dieser Zeit in der
Firma Urlaub. In diesem Jahr sollte es nach Italien gehen. Gut,
aber was machte man in den drei Wochen davor? Beide Jungen
waren in einem Alter, zehn und elf Jahre, in dem sie so ein, zwei
Stunden auch mal im Haushalt halfen, so dass nicht alles auf den

Eltern hängen blieb. Schulaufgaben, so noch etwas nachzuholen war, hatte man bereits erledigt. Tja – und die Schulkameraden, beziehungsweise andere Kinder, die in der gleichen Straße wohnten, waren schon alle weg.

Nun, das Wetter präsentierte sich akzeptabel, doch den ganzen Tag im Freibad machten den Beiden auch keinen Spaß. Zumal das Taschengeld, trotz einer *Ferienzulage*, ziemlich schnell zu Ende ging. Heute wollten sie doch einmal in der Eisdiele vorbei schauen. Felix entschied sich für zwei Kugeln Vanilleeis und Herbert für Nuss. Beides in der Waffel und schon waren vier €uro ausgegeben. Auf einer Bank am Dorfplatz ließen sie sich nieder und ihre Errungenschaften schmecken.

Aufmerksam beobachteten sie die Leute, die, manche eilig, andere gemächlich, an ihnen vorbei gingen. Plötzlich steuerte ein älterer Herr auf sie zu, blieb vor den Beiden stehen und fragte: „Habt Ihr nix zu tun, Ihr Beiden?"

Felix wollte schon gerade etwas unwirsch antworten, was ihn das anginge, ließ es dann aber.

Der Herr sprach weiter: „Ich bin der Bäcker von dem Geschäft, das Ihr dort hinten seht. Mein Mitarbeiter ist plötzlich krank geworden; nun habe ich niemanden, der für mich Brot und Brötchen austrägt. Wenn Ihr also Zeit und Lust habt … es ist leichte Arbeit, aber Ihr könntet Euch in den kommenden vierzehn Tagen ein paar €uro für das nächste Eis verdienen."

Felix und Herbert schauten sich an. Ein paar €uro Taschengeld zusätzlich wäre nicht schlecht. Und wenn die Eltern von der Arbeit kämen, wäre eh alles erledigt.

Herbert, der Ältere sprach für Beide: „Okay – wie haben Sie sich das gedacht?"

„Es werden täglich, außer am Wochenende, fünf bis zehn Kunden sein. Sie wohnen nicht weit entfernt und für jede Zustellung zahle ich Euch einen €uro. Die Adressen stehen immer auf den Päckchen oder Tüten drauf. Bei zwei oder drei Kunden wäre allerdings ein Fahrrad nicht schlecht."

Sie wurden sich einig und nach vierzehn Tagen, der erkrankte Mitarbeiter erschien wieder zum Dienst, hatten die Burschen insgesamt achtundsiebzig €uro verdient. Da sie sehr zur Zufriedenheit des Bäckers gearbeitet hatten, kamen sie am Ende, mit Trinkgeld, auf glatte einhundert €uro.

Den Eltern erzählten sie nix, denn ihre Zimmer waren, wie auch sonst, aufgeräumt und Kleinigkeiten in der Wohnung hatten sie ebenfalls erledigt. In den nächsten vierzehn Tagen wurden nun die Vorbereitungen für den gemeinsamen Italienurlaub getroffen. Am Tag vor der Abreise sagte der Vater zu seinen Lieben: „Heute Abend gehen wir zur Einstimmung auf unseren Urlaub zum Italiener essen. Ich habe für achtzehn Uhr einen Tisch bestellt."

Die Überraschung war gelungen und alle freuten sich.

Das Essen war lecker und der Rotwein, Felix und Herbert durften sogar mal einen kleinen Schluck probieren, mundete auch allen.

Danach verlangte der Vater die Rechnung.

„Rechnung? Die ist schon beglichen", antwortete der Wirt mit einem Lächeln im Gesicht.

„Wie? Hat uns jemand eingeladen?"

Der Wirt schaute noch einmal in die Runde und ging zurück hinter die Theke.

Nicht schlauer als zuvor fragte der Vater: „Verseht Ihr das?"

Mutter schüttelte den Kopf.

Ihre Söhne wurden ein bisschen rot und grinsten schon fast unverschämt.

Dann erzählten beide ihre Geschichte.

Gerührt blickten die Eltern ihre beiden Buben an. „Haben wir nicht ein paar prächtige Kinder?!"

Moritz

Es war gegen zwanzig Uhr und die Mutter rief ihrem Sohn zu: „Feierabend – ab zum Zähne putzen und dann in die Falle." Die Zeremonie des Zubettgehens erwies sich jeden Abend als ein kleines Problem.

„Nur, wenn Papa mir eine Gutenachtgeschichte erzählt! Es ist Wochenende und ich brauche nicht zur Schule."

„Na gut, ich sage Papa Bescheid."

Moritz war sechs Jahre alt und kürzlich eingeschult. Auf seinem Weg zur Schule, es war nicht allzu weit, kam er jeden Tag an einem Garten vorbei, in dem seit kurzem viele junge Katzenkinder herum tobten. Oft blieb er stehen, zählte sieben hübsch gestreifte Tiere und nervte seine Eltern schon lange, auch so ein niedliches Tier haben zu wollen.

War es Mittwoch oder Donnerstag, er wusste es nicht mehr so genau, als er auf dem Weg zur Schule aus dem Gebüsch ein leises Quieken hörte. Er schaute neugierig nach und fand ein größeres Loch, aus dem die Laute kamen. Die Zeit zur Schule war knapp bemessen, aber nach dem Unterricht wollte er der Sache nachgehen.

Auf dem Heimweg hörte er an der Stelle immer noch das klägliche Fiepen. Er lief nach Hause und holte sich eine Schaufel. Damit vergrößerte er das Loch und fand eines der kleinen Kätzchen. Vorsichtig befreite er das Tier aus seiner misslichen Lage und nahm es auf den Arm. Die Eigentümer hatten es schon vermisst und waren glücklich, es wieder zu haben. Zum Dank für die Rettung durfte Martin sich eines der Kleinen aussuchen mit nach Hause nehmen. Die Eltern waren nicht sehr begeistert, aber er durfte es behalten. Moritz hegte und pflegte das kleine Fellknäuel und nachts schlief es am Fußende seines Bettes.

Leise stand der Vater auf – Moritz war eingeschlafen.

Am nächsten Morgen guckten die Eltern erstaunt; Sohnemann lief durch die ganze Wohnung… „Wo ist denn mein Kätzchen geblieben?"
Die Eltern schauten sich fragend an und der Vater lächelte: „Er hat von meiner Geschichte geträumt!"

Warten auf Post

Im Urlaub war's
da trafen sich
Zwei Gleichgesinnte
an einem Tisch

Als der Urlaub dann vorbei
versprachen sich ganz fest die Zwei
ab und an einen Brief zu schreiben
wie die Fahrt war bis daheim

Hans dachte an das versprochene Wort
und setzte sich, angekommen, sofort
hin mit einer Ansichtskarte
um sie am nächsten Tag per Post zu starten

Dann begann das frohe Warten,
wann ist von Kurt eine Nachricht im Kasten
vierzehn Tage ist das nun her
im Briefkasten Reklame – sonst nichts mehr

Nun ja, denkt Hans, er hat's vergessen
verschwunden ist die neue Adresse
und versucht es noch mal mit einem Brief
auch seine Telefonnummer er mit schrieb

Prompt ging am nächsten Tag das Telefon
Kurt sagte: er hat geschrieben – lange schon
eine E-Mail noch am gleichen Tag
mein Computer sagt, dass du sie auch bekommen hast

So geht es Vielen, die zwar noch schreiben
aber Stift und Papier trotz allem meiden
und sich darüber dann beschweren
wenn alle Poststationen geschlossen werden …

Hänschen

„Hänschen …, Hänschen…, Hans!"
„Ja, Mama."
„Warum hörst du nicht beim ersten Mal?"
„Ich heiße Hans und Hänschen sagt man zu einem Vierjährigen, ich bin aber schon fünf Jahre alt!"
Auf Geheiß seiner Mutter räumte er die Spielsachen zusammen, zog sich aus und ging ins Bad. Waschen und Zähne putzen. Der Schlafanzug wurde auf der Heizung vorgewärmt – immerhin war Winter. Er kuschelte sich in den mollig warmen Schlafanzug und legte sich im Kinderzimmer ins Bett.
„Mama …, Mama…" und dann etwas lauter „Maaamaaa! Hans grinste seine Mutter, die ins Zimmer kam, an und fragte: „Warum hörst du nicht beim ersten Mal? Wer erzählt mir heute eine Gutenachtgeschichte?"
„Papa ist dran – er kommt gleich."

Beide Eltern sagten ihrem Sohn Gute Nacht und Vater begann mit seiner Geschichte:

Eine Kindergartengruppe spazierte mit ihren Betreuerinnen durch den Wald. Viele Fragen der Kinder mussten beantwortet werden. Wie heißt der Baum? Was ist das für eine Pflanze? Welche Tiere wohnen im Wald?

Bald verteilten sich die Kinder im Gelände, um alles anzufassen. Als die Betreuerinnen wieder alle zusammen riefen, fehlte ein Mädchen.

„Hat jemand von Euch Jutta gesehen?"

In diesem Moment kam sie angelaufen. „Wo warst du?", fragten alle durcheinander.

„Ich habe mich mit einem Pilz unterhalten", antwortete sie.

Wie aus einem Mund kam es: „Das gibt es nicht, Pilze können gar nicht reden."

„Doch, ich wollte ihn anfassen, da sagte er zu mir: „Tu das nicht, ich bin giftig!"

Keiner glaubte ihr und alle spazierten weiter.

Eine Betreuerin, die Jutta gut kannte, wollte dieser absonderlichen Äußerung auf den Grund gehen. Sie ließ die Gruppe weiterlaufen und ging selbst zu der Stelle zurück, wo die kleine Jutta den sprechenden Pilz gesehen haben wollte. Und tatsächlich – da stand er, hatte einen roten Hut mit lauter weißen Punkten. Sie streckte die Hand aus. Da hörte sie den Pilz wispern: „Nicht anfassen, ich bin giftig!"

Wie kann das sein? überlegte sie. Ist das ein verzauberter Pilz? War er in seinem vorigen Leben vielleicht ein rot gelocktes Mädchen? Langsam, mit vielen Gedanken im Kopf, ging sie ihrer Gruppe nach. Gab es das wirklich? Vielleicht spielten die Gedan-

ken ihr einen Streich? Das musste sie unbedingt zu Hause über-
denken.

Hänschen, nein Hans (!) war indessen eingeschlafen. Ein Lächeln
lag auf seinem Gesicht. Ob er auch darüber nachdachte, ob Pilze
sprechen können?

Der verirrte Wohnwagen

Ein Mann wohnt in einer mittelgroßen Stadt,
er auch 'ne nette Familie hat...
für's Auto hat er vorm Haus einen Platz,
doch nicht für den Wohnwagen, den er sich angeschafft hat.

Er überlegt und überlegt ...,
mit seinem Auto er die Gegend abfährt,
plötzlich sieht er einen freien Platz
und holt seinen Wohnwagen, ratzfatz.

Und – ohne die Eigentümer zu fragen,
parkt er vor dem Haus seinen Wohnwagen!
Es stört ihn nicht, zwischen Ein- und Ausfahrten zu stehen,
die Anwohner nicht den Verkehr auf der Straße sehen.

Fragen beim Ordnungsamt und der Polizei ...
Die Antwort: „Er dürfe, da es eine öffentliche Straße sei!"
Die Eigentümer zahlen die Straßenreinigungsgebühr
Und erhalten seit zwanzig Tagen nix dafür!

Nun möchte der Schreiber dieser Zeilen nichts herbeireden,
im Nachbarort stahlen Ganoven einen Wohnwagen soeben.
Auch das Parken vor fremden Häusern wär' somit gelöst,
die Anwohner sind bestimmt nicht bös'.

Doch dann hört man von weitem das Geschrei …
Hilfe, Hilfe – Polizei;
der Platz, wo der Wagen stand, ist frei.
Vor vierzehn Tagen war das nun geschehen,
und der Wohnwagen ward nicht mehr gesehen

Was ist passiert?
Man hat ihn vor einem anderen Haus deponiert…!!!

Große Ferien

Die schönste Zeit für ein Kind im Jahr
war die, wenn es Sommerferien gab.
Sechs Wochen keine Bücher,
auch mancher Lehrer war einem über.

Wenn man dann einen Onkel hat,
der auf dem Land lebt, nicht in der Stadt...
dann ist das Glück schon fast vollkommen,
wenn er sagt: du bist in den Ferien willkommen.

Schon die Fahrt ein Riesenspaß,
man doch zum ersten Mal in der Eisenbahn saß.
Mit einem Traktor – riesengroß,
ging es dann vom Bahnhof bis zum Hof.

Was gab es da nicht alles zu sehen,
Ferkel, Kälbchen und Ziegen in den Ställen stehen.
Auf dem Hof kratzen Hühner; und Enten gab's auch,
der Hund an der Kette passte auf alles gut auf.

Ich lernte, für alle Futter zu bereiten
und durfte den Onkel zum Mähen begleiten.
Was sind da sechs Wochen, wenn so viel zu sehen,
am liebsten würde ich nicht mehr zur Schule gehen!

Ein einmaliger (!) Tag ... *hoffentlich*!

Man kennt ja den Spruch: „Mittag gegessen wird um zwölf Uhr – gekocht oder nicht gekocht!"
Friederike und Udo hatten gekocht; Pasta mit Pilz-Sahne-Soße und zum Nachtisch einen Muffin, den ihre Nachbarin selbst gebacken hatte und ihnen damit eine Freude machen wollte.
Lecker!
Kaffeestunde fiel an diesem Montag aus, da sie einen Termin beim Physiotherapeuten hatten. Wer an den nachfolgenden Geschehnissen die *Schuld* trägt, der Nachtisch oder die Behandlung, soll dahin gestellt sein. Wieder daheim, klagte Udo unerwartet über Schmerzen an der oberen Magenkante. Friederike wurde aufmerksam und fragte: „Geht es Dir nicht gut?"
„Ach, das wird schon wieder", meinte Udo. – Es wurde nicht!
Das *komische* Gefühl veränderte sich langsam; der Schmerz verlagerte sich auf die rechte Seite, in die Rippengegend. Udo nahm auf Anraten von Friederike etwas Kräutergeist ein (der hatte ihm bereits einmal geholfen) und wanderte, weil es dann etwas erträglicher war, in der Wohnung auf und ab. Die Hoffnung auf Besserung nach dem Abendessen erfüllte sich nicht.
Entgegen jeglicher Gewohnheit begab Udo sich früh ins Bett; eine Wärmflasche sollte helfen. Doch diese Hoffnung trog und Friederike ahnte, was folgen sollte. Die Schmerzen wurden unerträglich; der Notarzt war angesagt! Dieser war zehn Minuten später vor Ort. Nach der Befragung, wo denn die Schmerzen seien und ob Udo Medikamente nähme und welche, ging es im Schlafanzug, den Bademantel nur übergeworfen, mit Blaulicht ins Krankenhaus. Friederike fuhr mit, durfte neben dem Fahrer Platz nehmen und das Cockpit bewundern. In der Notaufnahme angekommen, begann der

Wartemarathon… zweieinhalb Stunden. – und das ging, wie man ihnen sagte, noch sehr schnell – verbrachten sie in der Notaufnahme. Eine Untersuchung jagte die nächste und irgendwann, gegen Mitternacht, war Udo dann im Zimmer. Völlig erledigt, hundemüde, aber … an Schlafen war kein Gedanke. Man hatte ihm noch zu Hause einen Tropf gelegt, dem zwei weitere folgten. Man pumpte ihm also drei Liter einer Infusion in den Körper, die sukzessive auch wieder raus wollten. Aha! Alles klar?

Außerdem hatte er einen Bettnachbarn, der die Taiga absägte … diese Tätigkeit bekam er wohl bezahlt! Dazu kamen Blutdruckwerte, die außerhalb des normalen Bereiches lagen. Der erste Wert war völlig irreal 230:118 – daraufhin meinte der Arzt, das würde er besser manuell nachmessen. Und, siehe da – der Wert war zwar immer noch entschieden zu hoch, aber wenigstens nachvollziehbar. 184:108. Okay – oder auch nicht.

Am anderen Morgen:

Da Udo nichts von dem bei sich hatte, was man für einen Krankenhausaufenthalt braucht, fuhr Friederike ganz früh wieder hin und versorgte Udo mit dem Nötigsten. Handtücher, Zahnbürste, Zahnpasta, und noch Einiges andere mehr. Für diesen Tag war eine weitere Untersuchung anberaumt: Ultraschall der Galle, da Verdacht auf eine Gallenkolik bestand. Das wurde gemacht und dabei stellte sich heraus, dass die Galle mitnichten der Übeltäter war. Huch – Friederike begann sofort zu *denken*. Nun wurde eine weitere Untersuchung Gastroskopie (zu gut deutsch Magenspiegelung) angesetzt. Eigentlich für den gleichen Tag geplant, verschob man diese dann doch auf den folgenden. Mit dem Erfolg, dass Udo vierundzwanzig Stunden nichts zu essen bekommen hatte. Das verpatzte Abendessen zählte nicht! Nun, so ganz gut ging es ihm auch nicht. Dass er, aufgrund der geplanten Untersuchung, kein Frühstück zu sich nehmen durfte, war klar. Als sich herausstellte, dass eben diese Untersuchung erst am darauf folgenden Tag stattfände, ging Friederike um vierzehn Uhr herum doch mal fragen, ob für Udo kein Essen vorgesehen sei. Völlig verdutzt erklärte man ihr, dass er selbstverständlich Mittagessen hätte bekommen müssen. „Okay", sagte sie daraufhin, „er ist noch nicht verhungert." Man versprach ihr, dafür zu sorgen, dass er abends sein verpasstes Mittagessen serviert bekäme. Oha, und das haben die Beiden geglaubt! Bis das vermeintliche Mittagessen abends kam. Es war ein stinknormales Abendessen, auch noch insofern Kalorien reduziert, als dass er nur eine Schnitte Brot, ein bisschen was drauf und etwas Obst kriegte. Gott sei Dank hatte Udo eh keinen Appetit, so dass das völlig ausreichte. Aber wirklich lustig war es nicht. Leider hatte das ebenfalls zur Folge, dass er nicht, wie erhofft, am gleichen Tag wieder nach Hause gehen durfte. Noch eine Nacht! Aber Friederike nahm ihm was zu lesen mit und hoffte, dass das ein bisschen über die langweiligen Stunden im Bett hinweg helfen würde.

Am Tag der Gastroskopie

So, dass Udo an diesem Tag, wegen der Gastroskopie, kein Frühstück bekam, war logisch. Weniger logisch war das, was dann passierte: Bei der Einlieferung wurde sowohl mit der Stationsschwester als auch der Ärztin abgeklärt, dass Udo sein eigenes Blutdruckmittel einnehmen sollte, da das in der Krankenhausapotheke nicht vorrätig sei und die Beiden sagten, dass sie das nicht extra bestellen müssten. Schließlich hatten sie das von zu Hause parat. Friederike hatte, auf Wunsch der Ärztin, noch in der Nacht der Einlieferung den Namen des Medikamentes telefonisch durchgegeben, da beiden dieser auf Anfrage nicht einfiel. Irbesartan 150 mg. Zudem hatte Friederike am frühen Morgen des Vortages die Tabletten mitgenommen, so dass sie, gut sichtbar, auf dem Nachttisch lagen. Als sie morgens ankam, zeigte Udo ihr ein Tütchen, mit der Bemerkung: „Das habe ich heute Morgen gekriegt und sollte das um sieben Uhr einnehmen." Friederike traf fast der Schlag. Irbesartan aus der Krankenhausapotheke (!) 150 mg. „Und", fragte sie, „hast du das genommen?"

"Ja – natürlich."

"Um Himmels Willen, nun hast du die doppelte Dosis eines Blutdrucksenkers im Körper und jetzt soll die Magenspiegelung mit einer Kurznarkose vorgenommen werden. Das war genau das Präparat, was du sowieso hast. Wie konnte das passieren?" Das konnte Friederike auch von der Schwester nicht erfahren. Dieser schien aber klar zu sein, dass ein Fehler passiert war, den sie nicht wahrhaben und vermutlich vertuschen wollte. Friederike wurde mit den arroganten Worten: „Ich gebe das weiter – zweimal hintereinander in einem Ton, der ihr einen dicken Hals verursachte – abgespeist und, Gott sei Dank nahm Udo die Tabletten und das Tütchen mit zur Spiegelung. Die Ärztin hatte keine Ahnung, was passiert war und fiel aus allen Wolken; da diese überhebliche (Hilfs-) Schwester das natürlich *nicht* weitergegeben hatte... Die Spiegelung verlief problemlos und Udo bekam sogar zu Mittag etwas zu essen. Dann wurde noch einmal der Blutdruck gemessen und – hurra! – er durfte nach Hause. Morgens um acht hatte man Udo eine Thrombosespritze gegeben und noch den Blutdruck gemessen 156/80, den Udo auf einem abgerissenen Stückchen Zeitung vom Stadtanzeiger, notierte. Mangels eines anderen Zettels. Irgendwie wusste auf der Station die rechte Hand nicht was die linke tat! Bis auf diese eine, arrogante Schwester war das Personal aber sehr aufmerksam, zuvorkommend und nett. Beide haben es honoriert!

Daheim angekommen erinnerte nur eine körperliche Schwäche und ein übler Halsschmerz an das Vergangene und sie waren froh, dass es so ausging. Den Arztbericht übergab man ihnen mit den Worten, diesen an den Hausarzt weiterzugeben. Vorher haben sie ihn natürlich gelesen und, irgendwie, konnte Friederike mal wieder nur den Kopf schütteln. Abgesehen davon, dass Gesamtwerte in Ordnung und ansonsten nicht interessant waren, stellte sich nun heraus, dass die Rettungssanitäter mit ihrer Diagnose „Galle" Recht hatten. Nur: der erste Ultraschall ergab Gallensteine, die zweite Sonografie ergab: keine Gallensteine, dann hieß es doch wieder Gallensteine. Und letztlich stand im Bericht, dass er keine Gallensteine, sondern eine *verspannte* Galle habe und die Schatten, die man für Gallensteine gehalten hatte, waren die einer äußerst ungewöhnlich verdickten Gallenblasenwand – bis zu 6,6 mm. Seitens Udo und Friederike kann sie noch dicker sein, solange eine solche Kolik nicht wiederkommt!!!

Insgesamt erleichtert nahmen sie sich eine Taxe und landeten am frühen Nachmittag wieder daheim. Es dauerte noch einige Tage, bis sich Udos beleidigter Verdauungstrakt wieder bequemte zu arbeiten.

Fazit: Die Schmerzen zu ertragen war eine Sache, doch das erste Mal im Krankenhaus zu liegen eine andere! Scherzhaft antwortet Udo jetzt, wenn er gefragt wird. „Ich wollte immer schon mal mit Blaulicht gefahren werden…!"

Das Internet

Will man überall dabei sein, braucht man das Internet. Für etliche Dinge ist es ganz nützlich, nur sollte man sich nicht davon abhängig machen lassen. Muss ich denn wissen, was in der ganzen Welt passiert? Gewiss, das Aktuelle und auch das Wetter der nächsten Tage kann man abrufen – man kann aber auch aus dem Fenster gucken …
Hilfreich ist es auch, wenn man sich auf den gegenwärtigen Stand bringen will, was eventuelle Veranstaltungen angeht, die man vielleicht spontan besuchen möchte. Kommt man mit einem schwierigen Kreuzworträtsel nicht zu Rande, fragt man halt das Internet. Prima. …und Auskünfte über die gerade vorherrschende Stausituation auf den Straßen im Land sind auch abrufbar. Wenn es geht, lässt man das Auto dann vielleicht besser stehen.
Zudem gibt es noch die Gelegenheit, einen Partner zu suchen – doch dazu später mehr.

*

Ute lebte allein, seit ihr Mann vor ein paar Jahren bei einem Autounfall tödlich verunglückte. Heute war wieder der Tag und sie erinnerte sich genau. Es klingelte um die Mittagszeit an der Haustür und zwei Polizeibeamte standen davor. Die gebräuchliche Frage: „Sind Sie Frau Hansen", wurde mit den Worten weitergeführt: „Wir müssen Ihnen eine traurige Mitteilung machen…"
Von dem Moment an wusste sie nichts mehr und wachte erst im Krankenhaus wieder auf.
Heute wollte sie nicht allein sein und zog sich an, um durch die Stadt zu bummeln. In der Fußgängerzone setzte sie sich dann für

eine Weile auf eine Bank und ließ die Menschen an sich vorüber ziehen. Manche bummelten so wie sie zuvor, andere gingen flotten Schrittes. Wieder Andere rannten, als hätten sie Angst, etwas zu verpassen.

Ute wollte gerade aufstehen, als sie von weitem ein bekanntes Gesicht wahrnahm. Sie überlegte noch – ist sie es oder nicht – als diese Person stehen blieb und zu ihr herüber sah. Überlegte auch sie, ob sie sich vielleicht kennen? Plötzlich kam bei beiden das Bewusstsein, na klar …

„Mensch Bärbel, dich habe ich ja ewig nicht mehr gesehen!"

„Ute! Dass es dich noch gibt!"

Dann kam es wie aus einem Mund: „Das müssen wir unbedingt mit einem Kaffee feiern!" Gesagt, getan. In einem kleinen Café wurde gerade ein Ecktisch frei und sie steuerten schnell darauf zu. Bevor sie sich setzten, umarmten sie sich und hielten sich einen Moment ganz fest.

Die Bedienung erkundigte sich nach ihren Wünschen und dann fragte Ute zuerst: „Wie geht es dir und warum marschierst du allein durch die Stadt. Mein letzter Wissenstand ist, dass du verheiratet bist und man euch immer nur zu zweit gesehen hat."

„Ich bin schon zwei Jahre allein. Der Meine hat mich wegen einer Jüngeren verlassen, daraufhin reichte ich die Scheidung ein. Ab und zu habe ich mal einen Begleiter, doch der *Richtige* war noch nicht dabei", erwiderte Bärbel. „Die Tage habe ich es mal im Internet probiert – Frau sucht Mann. Da hat sich tatsächlich einer gemeldet. Er sieht recht gut aus, hat eine feste Arbeit und möchte mich kennen lernen. Einen Versuch ist es wert, obwohl ja so allerhand erzählt wird, von wegen Abzocke und ähnliche Dinge."

„Ich habe es auch schon zweimal probiert" antwortete Ute, „gerade gestern bekam sich Antwort aufs Handy. Ich treffe den Typen in vierzehn Tagen, schauen wir mal."

Nach einer guten Stunde verabschiedeten sich die Beiden mit dem Versprechen, sich bald wieder einmal zu treffen, auch um zu erfahren, wie die Internetbekanntschaft verlaufen sei.

Ute war wieder daheim, überdachte ihre Begegnung mit Bärbel und ihr fiel ein, gar nicht nach dem Ort der Begegnung gefragt zu haben. Doch das rückte schnell ins Hintertreffen, da sie sich mit ihrem *Treff* beschäftigte. Die Zeit verging wie im Flug; im Nu waren die Tage vergangen. Ute ging zum Friseur, erstand eine etwas sportlichere Bluse und putzte ausgiebig ihre Pumps, die sie schon seit Ewigkeiten nicht mehr getragen hatte. Gegen vierzehn Uhr machte sie sich auf den Weg zur Bushaltestelle. Auf hohen Hacken wollte sie sich den Weg in die Stadt nun doch nicht zumuten.

Zufälligerweise war genau das kleine Café, in dem sie mit Bärbel einen Kaffee getrunken hatte, auch der Ort ihres Treffens. Kurz vor fünfzehn Uhr betrat sie den Raum und schaute sich suchend um. Glücklicherweise hatten sie Fotos von sich über den Computer ausgetauscht. An einem kleinen Tisch in der Ecke saß ein Herr, der sich bei ihrem Eintreten von seinem Stuhl erhob und auf sie zukam. Ute erkannte in ihm den Mann, mit dem sie sich treffen sollte. Was sie dann allerdings sah, konnte sie nicht glauben. An besagtem Tisch saß eine weitere Person – Bärbel. Beide Frauen waren so perplex als sie sich sahen, dass keine daran dachte, den Kerl, der schnellen Schrittes die Flucht ergriff, aufzuhalten und zur Rede zu stellen. Nun mussten sie auch noch den Kaffee des Gauners mit bezahlen.

Bärbel und Ute schauten sich fassungslos an und waren sich einig: „Wer weiß, was uns durch diesen ominösen Zufall erspart geblieben ist."

Nach einem Kaffee und einem Cognac für jede konnten sie über diesen Reinfall schon wieder lachen und schworen sich – Bekanntschaften über das Internet wären für alle Zeiten tabu!

Wieder um eine Erfahrung reicher.

Zerbrochen

Das Glas, das auf die Erde fällt,
mit einem Klirren es zerschellt,
die Tasse, ganz aus Porzellan,
ereilt das gleiche Schicksal dann

Auch rollt der Bleistift mal vom Tisch,
überlebt die Mine darin nicht
und fällt ein Stein aus großer Höhe,
auf der Erde zerbricht er mit Getöse

Läuft ein Tanker auf ein Riff,
er mit Sicherheit zerbricht,
ein Kabel, das man öfter knickt,
macht das auch nicht lange mit

Ist man nicht ehrlich in der Partnerschaft,
zerbricht irgendwann der Ehepakt;
denn – Lügen haben kurze Beine,
da hilft kein Zetern und kein Weinen

In unserer Welt wird viel Porzellan zerbrochen,
fast alle Menschen auf Frieden hoffen,
doch – solange Fabriken Waffen herstellen,
wird in irgendeiner Ecke etwas zerschellen

Drum merke, geh' vorsichtig um mit Allem,
dann werden die Dinge lange halten,
und – die nächste Generation braucht sich nicht zu beklagen,
über das, was wir alles zerbrochen haben.

Ist so das Leben ? So ist das Leben !

Ohne dass man es gewollt,
wurd' man auf die Welt geholt;
dann ging es weiter mit dem Zwang,
Sechs Jahre alt: Schulanfang!
Nach acht Jahren – die Zeit verrann,
fing man eine Lehre an;
nach drei weiteren Jahren, schön und schwer,
musste eine Prüfung her ...,
denn wir wissen wie das ist,
ohne Prüfung läuft halt nichts.

Danach denkst du: Uff – geschafft!
Denkste!
Jetzt verlangt man nach deiner Arbeitskraft.
Und wieder wird der Mensch *gezwungen*
zu schaffen – mit und ohne Überstunden.
Man merkt es kaum, die Jahre rennen
und plötzlich muss man dann erkennen...

Wir sind dieses Jahr gerade fünfundfünfzig geworden,
die Firma sagt: die Arbeit ist weniger aller Orten
und bietet einem plötzlich an:
Wollen Sie vielleicht den Vorruhestand?

Tja – nun überlegst du: ist jetzt alles vorbei?
man kann's noch nicht fassen!
Ganz ohne Arbeit?
Doch dann – nach einer gewissen Zeit
denkst du: Mensch,
jetzt bist du für etwas anderes bereit.

Man wird nicht mehr *gezwungen*,
oder doch ... ?
man wird sehen – wie viel Zeit bleibt denn noch?
Die Hoffnung wächst, es geht doch weiter
und vor allem: gesund und heiter!

ENDLICH ZEIT
ZUM LESEN _ _ _ _

Sechzigster Geburtstag

Plötzlich ist man eingeladen,
denn sechzig wird man nicht alle Tage
da muss man sich Gedanken machen,
man weiß, er hat schon viele Sachen.

Nun wird das Hirn recht angestrengt,
was man dem jungen Mann zum 60sten schenkt
lesen, weiß man, ist nicht seine Passion,
fast alle Musik-Kassetten hat er schon!

Man weiß auch, er isst gern Süßigkeiten,
da könnte man ihm eine Freude bereiten,
doch nein – das könnte er sich selber kaufen,
man überlegt … es ist zum Haare raufen.

Plötzlich, bei einem Gläschen Wein,
fiel den Schenkenden *die* Lösung ein:
Sechzig €uro – einzeln verpackt …
Gemischt mit Mon Cherie in eine Dose gebracht.

Sie freuten sich schon auf das Gesicht …
Zum 60sten (!) als Geschenk Mon Cherie?
Doch als die Gäste alle gegangen,
begann er seine Geschenke auszupacken.

Die Dose besah er sich zum Schluss
Und glaubte nicht, was er da sehen muss,
lauter kleine Päckchen – sechzig an der Zahl
und als alle ausgepackt …
er um sechzig €uro reicher war!

Der Wetterbericht

Jeder kleine und auch große Wicht
meint, er braucht 'nen Wetterbericht.
Egal woher er ihn auch nimmt,
inständig hofft er, dass er stimmt!

Die Medien und die Presse, je nach Region...
machen uns glauben, sie *wüssten* es schon!
Da wird von Hochs gesprochen, von Tiefs geschrieben...
und, ob wir Sonne oder Regen kriegen.

So informiert sucht jeder zu Haus,
für den kommenden Tag seine Kleidung aus.
Jedem Bauer und Gärtner ist nun bekannt,
welche Arbeit morgens am besten geht von der Hand!

Alle Piloten wissen,
von welcher Seite sie starten müssen,
Liebespaare, ob sie im Park sich können küssen?
Alle Kinder, ob sie ins Schwimmbad könnten,
also ist der Bericht für alle vonnöten.

Doch wehe, das Wetter dann ganz anders ist,
die Meteorologen sagen (!): wir haben uns geirrt.
Der Falsche friert, ein Anderer schwitzt,
und die Moral von der Geschicht':
ab morgen guck' ich aus dem Fenster,
ich lese oder höre einfach – keinen Wetterbericht.

Grau wie ein Elefant

Heut ist wieder so ein Tag,
den ich überhaupt nicht mag,
werde wach und hör' die Tropfen,
die mit Macht ans Fenster klopfen.

Gut, denk ich, es geht vorbei,
gönne mir mein Frühstück plus Ei,
danach ich aus dem Fenster seh',
jetzt vermischt sich der Regen auch noch mit Schnee!

Ich versuche, dem Wetter was Gutes abzuringen,
wir brauchen Wasser, nicht nur zum trinken,
auch Staub auf den Straßen und Wegen,
werden vernichtet durch den Regen.

Ich werde meinen Spaziergang verschieben,
an Freunde werden Briefe geschrieben
und dann gibt's noch Preisrätsel, die auf Lösungen warten,
im Haus gibt es auch Beschäftigungen aller Arten.

Zum Ende muss ich noch erklären,
warum ich den ganzen Tag zu Hause wäre,
ich denke, alle haben es schon erraten,
als Rentner hat man *Zeit* zu warten!

Ein paar Gedanken zum derzeitigen Wetter

Die Bäume, die ihr Laub verlieren
Menschen, die zuhause frieren
Vögel, die nach Süden ziehen
Um der Kälte zu entfliehen

Wir machen uns die Heizung an
Öffnen einen Rotwein dann
Kuscheln uns in eine Ecke
Brauchen zum Wärmen keine Decke

Rollladen versperren uns die Sicht
Schlechtes Wetter stört da nicht
Ein gutes Buch, in dem wir lesen
Da kann es draußen ruhig regnen!

Mach das Beste draus

Im Radio haben sie gesagt,
heute wird ein Regentag.
Essen und Trinken ist im Haus,
man muss nicht unbedingt hinaus.

Eine Idee wär' Staub zu wischen
        in allen Zimmern,
oder per Brief sich um Bekannte kümmern,
dann wäre da noch, die Wäsche zu waschen,
oder einen Besuch im Museum machen

Eine andere Idee wäre auch nicht schlecht,
ein Buch zu nehmen und auf die Couch gesetzt,
man könnte aus dem Fenster schauen
und sehen, wie Andere durch den Regen laufen

Viele Dinge fallen mir noch ein,
zum Beispiel eine Geschichte schreiben
um diese dann mit Anderen zusammen,
in ein Manuskript zu bannen.

All das könnte man tun am Regentag,
da man mehr Zeit für die Familie hat,
am nächsten Tag, wenn der Regen vorbei …
der Tag war ausgefüllt mit Allerlei.

Zufrieden schaut man dann zurück,
den ganzen Tag Regen – was für ein Glück,
Sachen, die man aufgeschoben,
konnte man in aller Ruhe nachholen.

Frühlingserwachen

Der März war schön in diesem Jahr
Doch jetzt ist der April schon da;
Mit Sonnenschein und auch mit Regen,
Stürme um die Ecken fegen!

Die Wintersachen schon im Schrank,
Schließlich war es bis jetzt schön, Gott sei Dank
Und eh der Mensch sich so versieht ...
Er einen kräftigen Schnupfen kriegt.

Nun jammert er und liegt im Bett,
Mit Pillen er sich aufrecht hält.
Es wäre doch so einfach gewesen ...
Die dicke Jacke *nicht* weg zu legen

Auch Blumen hat er schon eingesät,
In der Hoffnung, dass das Wetter so weiter geht.
Acht Tomatenpflanzen hat er schon,
Die müssen nun warten, können nicht auf den Balkon.

Die Moral von der Geschicht'
Trau der Sonne im Frühjahr nicht.
Vom Schnupfen bleibst du dann verschont
Und geh spazieren wie gewohnt!

Ein Tag im Mai

Auf der Terrasse sitz ich ganz allein
Petrus lässt die Sonne schein'
Erfreue mich an sattem Grün
Rote und lila Rhododendron blüh'n

Die Vögel zwitschern ihre Lieder
Ich sehe Amseln, Meisen und Spatzen wieder
Auch ein Grünspecht ist kurz zu Besuch
Auf der Wiese er nach Würmern sucht

Plötzlich hör' ich ein Gebrumm
Eine Hornisse schaut sich bei uns um
Und – eh ich sie betrachten kann
Macht sie sich glatt wieder von dann'n

Zum guten Schluss, es ist kein Witz
Ein Eichhörnchen kommt übern Hof geflitzt
Einige Wolken ziehen heran
es wird frisch
So endet dieser schöner Maientag dann…

Ein Mittwoch im Juni ...

Was macht der liebe Petrus nur,
lässt regnen es in einer Tour.

Draußen alles grau in grau,
wenn ich aus dem Fenster schau.
Die Arbeit geht nicht von der Hand,
wenn's regnet hier im ganzen Land;
und erst die Autofahrer,
die müssen es büßen,
zum Feierabend,
mit nassen Füßen,
die sie sich auf dem Parkplatz holen,
wenn sie durch die Pfütze in ihr Auto wollen.

Es gibt aber auch jemanden, den das freut,
Bauern und Gärtner, das sind solche Leut'.

Auch die Talsperren, die füllen sich wieder,
damit dann Trinkwasser hat ein Jeder.

Also lassen wir nicht zu sehr klagen,
da wir doch alle was davon haben.

Doch nun ist *Donnerstag* heut
und es regnet noch immer – die ganze Zeit!

Ein schöner Tag

Ein Mann auf der Terrasse sitzt,
die Sonne durch die Wolken blitzt,
Blumen in den Kästen verströmen ihren Duft,
von Hummeln, Bienen, Wespen werden sie besucht.

Plötzlich raschelt es in Nachbars Hecke,
eine Amsel kommt aus ihrem Verstecke,
lässt sich auf der Wiese nieder,
sucht Futter für die Vogelkinder.

Dann ist es mit der Ruh vorbei,
Sittiche fliegen über ihn – mit viel Geschrei
und weil die Nachbarn Teiche haben,
hört er ab und an die Frösche quaken.

Dann ist Ruhe und er denkt …
so zu wohnen ist ein Geschenk,
legt sich zurück in seinen Stuhl
und sagt: ich werde jetzt ein bisschen ruhen.

Kaum liegt er, droht neu' Ungemach,
der Nachbar schmeißt den Rasenmäher an,
dann macht sich die Sonne aus dem Staub
und es ziehen dunkle Wolken auf.

Da geht er rein, macht die Türe zu,
setzt sich in einen Sessel mit 'nem Buch,
später hört er, was der Wetterfrosch sagt
und hofft auf einen neuen Sonnentag.

Ein Sommertag im August

Hätt' ich es selber nicht gesehen,
das Datum im Kalender stehen,
Hochsommer – wir haben Mitte August,
mir wär' das gar nicht so bewusst.

Es ist so kurz vor Mitternacht,
als es am Himmel blitzt und kracht,
Petrus macht die Schleusen auf
und lässt den Wassern ihren Lauf.

Nun regnet es schon den ganzen Tag,
der Spaziergang wurde abgesagt…
gewiss, in der Wohnung gibt es was zu tun,
auch Briefe schreiben wär' opportun.

Doch mir ist klar, es war zu trocken,
die Pflanzen die Hitze gar nicht mochten,
manche Blumen ließen die Köpfe hängen,
die Bäume verloren Blätter in Mengen.

Doch das Grau am Himmel – den ganzen Tag,
ist etwas, was meine Seele gar nicht mag,
das bekämpf' ich mit gutem Essen,
auch ein Glas Wein wird nicht vergessen.

Dann sehe ich es wieder positiv,
es ist kühler und ich schlafe tief….
Sieht der nächste Tag zum Fenster herein,
hoffe ich wieder auf Sonnenschein.

Ein weiterer Sommertag

Raus aus dem Bett, die Sonne scheint,
die Vögel zwitschern die ganze Zeit
der Mann, der gähnt und glaubt es nicht,
bis seine Frau das Rollo hochzieht…

Nun geht's in Bad, man macht sich frisch,
danach steht's Frühstück auf dem Tisch
und während im Haus noch alle schlafen,
sie eine Entscheidung trafen…

Ein Spaziergang in frischer Luft
tut sicher Herz und Kreislauf gut,
danach …, dies war ihr schöner Plan,
bis Mittag zu liegen auf der Terrasse dann.

Doch der Wettergott hatte was dagegen,
er schickte ihnen starken Regen,
so hatten die Beiden alles richtig gemacht,
zu wandern, als noch alles geschlafen hat…

Der Nachmittag ist nicht verloren,
sie holen sich ein Buch hervor,
ein Kaffee rundet das Ganze ab
der Sonntag hat etwas Erholsames gehabt

Der Anruf

Alois Engel, seit seinem achtundzwanzigsten Lebensjahr Lehrer an der örtlichen Grundschule, war ringsum beliebt, vor allem bei seinen Schülern. Hatte er doch für seine Schäfchen ein offenes Ohr. Und, das Außergewöhnliche, keiner seiner Schüler musste je eine Klasse zweimal besuchen. Sprich: am Ende eines Schuljahres wurden alle in die nächste höhere Klasse versetzt.

Im Laufe seiner Tätigkeit mutmaßte mancher seiner Kollegen hinter vorgehaltener Hand, ob das wohl mit rechten Dingen zuginge – normal sei eine solch gute Quote jedenfalls nicht. Öfter als einmal musste er daraufhin beim Schulleiter erscheinen, der ihn wiederholt fragte, wie er das bewerkstelligte. Meist lächelte er und antwortete mit dem Angebot: „Fragen Sie am besten meine Schüler. Wenn Sie möchten, können Sie auch gern die Noten überprüfen lassen."

Wie üblich, waren einige Schüler dann doch etwas nervös, als tatsächlich eine Prüfkommission erschien. Doch an ihren Leistungen war nichts auszusetzen. Auch manche Teilnahme am Unterricht durch einen anderen Lehrer, brachte keine neuen Erkenntnisse. Der Tenor der Schüler war immer der gleiche, als sie befragt wurden: „Herr Engel erklärt uns alles ganz geduldig, so lange, bis es auch der Letzte verstanden hat …!"

*

Nun war es soweit, Alois Engel war im April sechzig Jahre alt geworden und sollte nach den Osterferien in Pension gehen. Nach zähen Verhandlungen mit dem Direx und der Schulbehörde, einigte man sich aber auf einen späteren Termin, zu den Abschlusszeugnissen. Die Übergabe an einen Kollegen, vor den großen Ferien, hielt er nicht für sinnvoll. Ein Abfall der Noten wäre in dem Fall nicht zu vermeiden. Diesem Argument wollte sich niemand verschließen und so machte man eine Ausnahme.

Als sei es ganz normal, wurden alle Schüler des beliebten Lehrers auch jetzt wieder versetzt. Dann hieß es Abschied nehmen vom Kollegium. Die Anderen wünschten ihm mit einem Händedruck alles Gute und bedankten sich für die gute Zusammenarbeit. Engel hatte den Eindruck, die Einzigen, die ehrlich trauerten, waren seine Schüler. Er las es deutlich in ihren Gesichtern.

Bevor sowohl Kinder als auch Lehrer in die Ferien entschwanden, organisierte er einen kleinen Umtrunk für die ehemaligen Mitstreiter in seinem Stammlokal. Wider Erwarten hatten sich alle die Zeit genommen und erschienen. In einigen Gesichtern sah Alois Engel fast zu deutlich, wie froh sie waren, einen solch starken Konkurrenten loszuwerden. Gegen dreizehn Uhr verabschiedete sich die Gesellschaft und er ging zum Wirt, um die Rechnung zu begleichen und für seine Frau und sich zwei Plätze zum Abend zu reservieren. Als er diesen Wunsch vortrug, entgegnete der Wirt: Da haben Sie aber Glück, bis auf zwei Plätze ist heute Abend alles belegt.“

Als er zur ausgemachten Zeit mit seiner Frau die Gaststätte betrat und sich suchend nach den beiden reservierten Plätzen umsah, standen die bereits anwesenden Gäste auf. Engel sah sich um … er kannte sie alle! Eine Eltern-Abordnung der Schüler verschiedener Jahrgänge war anwesend. Ein Sprecher der Elternpflegschaft trat vor und bevor einer der Anwesenden Angst vor einer langen Rede bekam, sagte er: „Ich mach es kurz. Wir, die hier versammelt sind, möchten uns bei Ihnen für die langen Jahre, in denen sie viel Geduld mit unseren Sprösslingen aufbrachten, bedanken. Sie und Ihre Frau sind am heutigen Abend unsere Gäste! So – das war's schon. Ich wünsche Ihnen und uns einen angenehmen Abend."

Alois Engel kämpfte mit Tränen und sagte zunächst einmal nichts. Später, nach dem Essen, mischte er sich unter seine *Gastgeber* und bedankte sich. Es wurde für alle ein rundum vergnüglicher Abend und, bevor er sich verabschiedete, äußerte er zum Wirt gewandt: „Und mit Dir, mein lieber Jupp, werde ich in den nächsten Tagen ein Hühnchen zu rupfen haben ..." Dass es nicht ganz ernst gemeint war, sah man an Engels grinsendem Gesicht.

*

Ilse Maus lebte allein, bei ihrem Job ... sie arbeitete bei der Polizei und wurde vor kurzem zur Inspektorin ernannt. Und, wie jedermann weiß, muss sich eine Frau in gehobener Position immer besonders anstrengen, um mit dem männlichen Personal mithalten zu können. So wenigstens, empfand sie es. Private Bekanntschaften erwiesen sich ebenfalls als problematisch. Wenn sie schon mal, was selten genug der Fall war, mit einem männlichen Partner gemütlich beisammen war, bimmelte mit Sicherheit das Telefon und sie wurde abgerufen. Wer macht das schon auf die Dauer mit? Gerade den letzten Bissen vom Frühstück herunter geschluckt, die Küche war aufgeräumt sie im Begriff, die Wohnungstür zu öffnen, als das Telefon *anschlug*.

Drei Schritte zurück, den Hörer abnehmen und Hallo sagen, dazu noch ihre Rufnummer nennen. Oft kam es vor, dass einer zwar die richtige Nummer, doch die falsche Vorwahl nahm.

„Mein Name tut nichts zur Sache", meldete sich eine weibliche Stimme. „Ich bin doch richtig bei Ilse Maus, der Polizistin?" Sie sprach schnell weiter, so dass der Polizeiinspektorin keine Möglichkeit zum Reagieren blieb.

„Ich habe eine Anzeige zu machen", bemerkte die Anruferin weiter. „In der Honigstraße wohnt ein gewisser Herr Engel, Alois Engel. Der Nachnahme scheint so gar nicht zu ihm zu passen. Jeden Tag beobachte ich, dass der *alte Knopf* sich mit jungen Mädchen und halbwüchsigen Knaben trifft. Nach zwei Stunden kommen sie gemeinsam, oft Hand in Hand, aus der Wohnung. Aus seiner Wohnung wohlgemerkt und gehen Richtung Park oder Schule davon. Da geht bestimmt etwas nicht mit rechten Dingen zu."

Gerade als die Dame Luft holte, wollte Ilse ihre erste Frage loswerden: „Wer sind Sie und, wenn Sie etwas zu melden haben, kommen Sie bitte aufs Revier." Doch die Frau hatte bereits aufgelegt.

Das hat mir gerade noch am Morgen gefehlt ... anonymer Anruf mit einem solch brisanten Inhalt und ich komme obendrein zu spät zum Dienst.

*

Oberinspektor Karl Wurm stellte soeben sein Auto auf dem Parkplatz ab und stieg aus, als Ilse Maus um die Ecke bog. Das *Würmchen* (!) hat mir gerade noch gefehlt, dachte sie, als sie ihren Vorgesetzten sah. So wie sie das Würmchen betrachtete, dachte ihr Chef, wie könnte es anders sein, über Ilse als das Mäuschen. Statt eines Morgengrußes kam es aber auch schon: „Na ... Frau Maus ... einen netten Abend verbracht?"

„Ich hatte heute Morgen, gerade als ich meine Wohnung verlassen wollte, bereits einen anonymen Anrufer an der Strippe."

„Ach, nennt man zu spät kommen jetzt so? Geben Sie doch zu, verschlafen zu haben!"

77

Ohne ein weiteres Wort gingen beide in Richtung ihres Arbeitsplatzes.

„Einen schönen Tag noch!", rief der Wurm ihr noch nach, als sie die Klinke ihrer Bürotür schon in der Hand hatte.

Wurm, das ist wirklich der richtige Name für dich, murmelte sie noch einmal vor sich hin. Kriecht nach oben und seine Mitarbeiter meckert er unqualifiziert an!

Bei einer Tasse Kaffee beruhigte sie sich langsam wieder und griff zum Telefon, um einen Mitarbeiter mit einer Prüfung dieses Herrn Engel zu betrauen. Vielleicht war doch etwas dran, an den Vermutungen der Anruferin, dachte Ilse.

Nur wenige Minuten später betrat Wachtmeister Sichel ihr Büro und fragte, was anläge. Ilse Maus berichtete von dem Anruf.

„Nehmen Sie die Kollegin Rummel mit; vier Augen sehen mehr als zwei und beobachten Sie das Haus der hier angegebenen Anschrift," damit reichte sie ihm einen Zettel über den Tisch. „Nehmen Sie vor allen Dingen einen neutralen Dienstwagen; Sie haben den ganzen Tag Zeit. Interessant wäre auch das Haus oder die Häuser gegenüber. Welche Personen schauen länger aus dem Fenster und so. Möchte zu gern wissen, wer die anonyme Anruferin war. So, und jetzt hauen Sie ab. Morgen früh berichten Sie mir und … zu anderen Kollegen vorläufig kein Wort. Vor allem zum Wurm nicht. Notfalls schicken Sie ihn zu mir!"

*

Swen Sichel ging zu seiner Kollegin, Ruth Rummel, die lustigerweise ihre Schriftstücke immer mit R.R. abzeichnete, in Anlehnung an Rolls Royce, um ihr die Anweisung der Inspektorin zu überbringen. Sie kleideten sich beide wieder in Zivil und trafen sich auf dem Parkplatz.

Bis zur Honigstraße war es nicht weit; in einer Querstraße stellten sie das Auto ab und bezogen Posten. Wie ein Paar gingen sie die Straße auf und ab. Einer von ihnen verschwand schon mal in dem Café in der Nähe und hörte sich um. Die Wahrscheinlichkeit, etwas zu erfahren, ohne sich erkennen geben zu müssen, hatte ihre Tücken. Sonst tat sich wenig auf der Straße und an der vorgegebenen Adresse gar nichts. Gegen zwölf Uhr verließ Frau Engel mit einer Einkaufstasche das Haus Nummer zwölf. Ruth, die in der Nähe, auf der gegenüber liegenden Seite, stationiert war, protokollierte es. Nun kam Bewegung in die Straße. Zwei erwachsene Frauen mit je einem Mädchen an der Hand – sie mochten so um die acht Jahre alt sein – steuerten auf das Haus Nummer zwölf zu. Nachdem sie geklingelt hatten, konnte Ruth deutlich eine männliche Stimme durch den Lautsprecher hören, die fragte, wer denn dort sei. Dann öffnete sich die Tür, die beiden Mädchen verschwanden im Haus und die Frauen drehten sich um und gingen den Weg zurück. Zwei Stunden tat sich nix; dann öffnete sich die Haustür und nach der Personenbeschreibung trat Alois Engel lachend mit den zwei Mädchen auf die Straße. Sie gingen Hand in Hand in die Richtung zurück, aus der sie zuvor gekommen waren. Kurz bevor die beiden Beobachter Feierabend machten, so gegen sechzehn Uhr, sahen sie noch die Eheleute Engel gemeinsam zurückkommen und, wie es schien, in angeregter Unterhaltung.

*

Am nächsten Tag, Alois Engel schaute vom Küchenfenster auf die Straße und runzelte die Stirn. „Marlies, kommst du bitte mal."

„Was ist denn, ich brauche noch fünf Minuten zum Kämmen."
Alois beobachtete zwischenzeitlich weiterhin die beiden Gestalten auf dem Gehweg der anderen Straßenseite.

„Was siehst du denn da so Tolles, dass du nicht vom Fenster wegkommst und das Kaffeewasser zu Klumpen kocht…!"

„Guck mal, die beiden jungen Leute da drüben, ich glaube, die sind gestern auch schon dauernd hier auf und ab gegangen."

„Mir ist nichts aufgefallen", erwiderte Marlies.

„Da – schau! Jetzt sehen sie zu uns rüber. Vielleicht suchen sie jemanden", sagte sie zu Alois. „Aber jetzt trinken wir erst einmal Kaffee; ich muss nachher zum Friseur. Wenn sie dann immer noch da rumlungern, frage ich sie, was sie wollen. Kommen die Mädchen heute wieder?"

„Nein, heute, am späten Vormittag, kommen zwei Buben aus der vierten Klasse."

Dann ging Marlies Engel zum Friseur und, obwohl sie sich auf der Straße umsah, war von den beiden Figuren keiner mehr zu sehen.

Tatsächlich waren Swen und seine Kollegin, nachdem sie ihrer Chefin Bericht erstattet hatten, für die ganze Woche zu weiteren Beobachtungen abgestellt. Auch die Anonyme rief wieder an und bemerkte: „Wann tun Sie eigentlich etwas? Gestern waren wieder zwei kleine Mädchen da …" und legte auf.

Die Woche über wiederholten sie die Besuche bei den Engels und so entschloss sich Inspektorin Ilse Maus, als ihre beiden Beamten meldeten, dass sich wiederum zwei Mädchen im Hause befänden, dem Ehepaar Engel einen Besuch abzustatten.

Auch sie ließ ihren Dienstwagen in einer Seitenstraße stehen und ging das letzte Stück zu Fuß. Sie klingelte und durch die Sprechanlage fragte eine weibliche Stimme, wer dort sei und was man von ihnen wolle. Ilse Maus nannte ihren Namen und fragte, ob sie Herrn Engel kurz sprechen könne.

„Leider nein, im Moment können Sie ihn nicht sprechen – er ist beschäftigt."

Wohl oder übel nannte Ilse Maus ihren Dienstgrad und der Türöffner summte. Sie wurde in die Küche gebeten und Marlies Engel fragte nach ihrem Begehr.

„Seit einigen Tagen bekomme ich anonyme Anrufe. In ihrem Haus würden kleine Kinder ein und ausgehen. Der Anrufer hat die Vermutung, dass nicht alles mit rechten Dingen zugehen würde."

Frau Engel wurde abwechselnd weiß und rot. Ihre Ader am Hals schwoll an, als sie antwortete: „Diese falsche Schlange …!"

„Ach, Sie wissen, wer die Anruferin sein könnte?" fragte die Beamtin.

„Ja, ich glaube … aber kommen Sie bitte mit zu meinem Mann in den ersten Stock."

Vor einem Zimmer klopfte Marlies an und von innen rief eine Stimme: „Herein."

Ilse Maus bot sich folgendes Bild. An einem Tisch saßen zwei Mädchen und hatten Hefte und Schreibutensilien vor sich ausgebreitet. An der Wand stand eine richtige Tafel, wie in einer Schule, und Herr Engel erklärte gerade Rechenaufgaben. Er legte die Kreide auf die Ablage und die Kinder drehten sich erstaunt um. Sie waren es nicht gewohnt, bei ihrer Arbeit gestört zu werden.

„Kommst du bitte mal eben mit raus", bat seine Frau, „die Dame möchte dich sprechen."

„In fünf Minuten bin ich wieder hier, bis dahin lüftet Eure Gehirne ein bisschen", sagte er lächelnd und ging mit den beiden Frauen vor die Tür.

„Was kann ich für Sie tun?" fragte er die Inspektorin.

Die stellte sich noch einmal vor und berichtete den Sachverhalt.

„Das ist ja ungeheuerlich", empörte Alois Engel sich mit hochrotem Kopf. „Ich gebe hier den Kindern Nachhilfe und die Frau da drüben hat weiter nichts zu tun, als Leute zu diffamieren! Gerade erst habe ich gehört, dass in den USA wegen solcher Machenschaften jemand achtzehn Jahre *unschuldig* in der Todeszelle gesessen hat."

„Regen Sie sich nicht weiter auf; ich habe mich ja überzeugt, dass alles seinen rechten Gang geht. Aber haben Sie bitte auch Verständnis für unsere Maßnahmen. Es passiert heute soviel und wir sind gehalten, jedem noch so kleinen Hinweis nachzugehen – auch wenn es anonym geschieht. Aber", grinste Ilse Maus jetzt ein wenig hinterhältig, „wir können problemlos herausbekommen, wer es war bzw. ist, und werden mit dieser *Dame* sprechen und mindestens eine Ordnungsstrafe verhängen. Vielleicht hilft es, damit man sich vorher genauer informiert, bevor man jemanden bei der Polizei anzeigt." Ilse Maus entschuldigte sich ihrerseits für die Störung und verließ das Haus.

*

Natürlich wurde die anonyme Anruferin schnell ermittelt und aufs Revier bestellt. Mit einer Ermahnung, sich vorher besser zu informieren, wurde sie dann wieder entlassen. Ohne Ordnungsstrafe...

Das Ehepaar Engel hatte noch lange Gesprächsstoff. Wie schnell es gehen kann, unschuldig in die Mühlen der Polizei zu geraten.

Als Konsequenz bat Alois Engel alle Eltern, die Kinder zum Nachhilfeunterricht zu bringen und sie auch wieder abzuholen.

Ampelmännchen

Menschen an der Ampel steh'n
Es ist rot – man darf nicht geh'n;
Da kommt ein Mann mit schnellem Schritt,
die rote Ampel er nicht sieht …

Ein Passant, geduldig wartend
ruft ihm zu: „es ist rot – da geht man nicht!"
„Was geht dich das an", ruft er zurück,
da hält ein Auto, er hat Glück!

Als er nun die Straße überquert,
ein Streifenwagen um die Ecke fährt,
nun ist es um den „Rotsünder" geschehen
die Polizei hat es gesehen.

Da hilft kein Reden und kein Klagen,
ein Bußgeld muss er gleich berappen,
inzwischen war die Ampel grün,
grinsend die Anderen an ihm vorüber zieh'n.

Manche Menschen lernen's nicht –
Dass Vorschriften für alle sind,
wie hier geht es nicht immer gut,
vielleicht der Schutzengel doch mal ruht …!

Wassermangel

Wir schreiben das Jahr 2018. Alle freuen sich über den langen, heißen Sommer! Alle? Die größten Verlierer sind die Bauern; das Getreide vertrocknet, die Erdbeeren sind viel zu früh reif, Kartoffeln und Rüben sind nur halb so groß wie gewohnt.

Die Behörden denken daran, die Freibäder zu schließen, das Autowaschen zu verbieten, und so weiter …

Irma und Gerd waren zum sechzigsten Geburtstag ihres Freundes Paul eingeladen. Ein kleines Dörfchen in der Heide, das sie vom Namen her schon kannten. Sie liebten die Heide ohnehin und verbrachten, wann immer es möglich war, dort ein paar Tage Urlaub.

Ein Geschenk war schnell besorgt; sie kannten Pauls Vorliebe für italienische Weine.

Daheim lief das übliche Prozedere ab; Nachbarn informieren, jemanden bitten, den Briefkasten zu leeren und immer ein Auge auf die Wohnung zu haben.

Weitere Vorbereitungen wie, Wagen voll tanken und ein paar Sachen für eine Übernachtung einpacken; das war alles schon erledigt. Sie setzten sich ins Auto und los ging es. Kurz vor der Autobahnauffahrt fragte Irma plötzlich: „Hast du auch das Präsent eingepackt?"

Gerd verzog das Gesicht, wendete und fuhr zurück. Zufällig kam der Nachbar aus dem Haus und fragte verblüfft: „Wieso seid Ihr wieder da?" Ein boshaftes Grinsen begleitete die Frage und Irma erklärte ihm: „Wir haben das Geschenk für unseren Freund vergessen!"

Was der Nachbar daraufhin dachte, sagte er nicht laut! Nur soviel: „Tja, wenn man älter wird … ist das so eine Sache."

Im Gegensatz zu Irma, die immer erst drei Stunden später schlagfertig ist, hätte Gerd eine passende Antwort parat gehabt.
Also erneuter Start und nun ging aber alles glatt bis zum Zielort.

Paul stand mit Rica, seiner Frau, schon im Türrahmen als Irma und Gerd auf den Hof fuhren. Man hatte sich länger nicht gesehen und demzufolge fiel die Begrüßung ganz besonders gefühlvoll aus. Die Glückwünsche zum sechzigsten Geburtstag Pauls wurden gleich dazu ausgesprochen. Bevor sie ins Haus gingen, fragte Gerd seinen Freund: „Ist es eigentlich schlimm, wenn man sechzig wird?"
Paul, gar nicht verlegen, meinte: „Es wäre schlimmer, wenn ich nicht sechzig geworden wäre!" Dann gab es einen kleinen Begrüßungstrunk, danach verabschiedeten sich Irma und Gerd, um ihr Hotelzimmer zu beziehen. Bis zur abendlichen Feier würden noch einige Stunden vergehen und wanderten durch den Ort. Die meisten Ecken waren ihnen noch bekannt; das Café, die alte Linde in der Dorfmitte und dahinter der Dorfteich.
Irma meinte plötzlich: „Sieh mal, der Teich hat kaum noch Wasser; die armen Fische."
Auch die sonst gepflegten Vorgärten im Ort sahen arg vertrocknet aus.
Gerd schaute auf die Uhr und sagte: „Ich glaube, wir müssen zurück. Sonst feiert Paul mit seinen Gästen, aber ohne uns."
Irma blieb stehen und zupfte Gerd am Ärmel.
„Was ist?", fragte er.
„Schau doch mal. Alle Vorgärten ringsum sind mehr oder weniger vertrocknet."
„Ja – und?"
„Der da, auf der rechten Seite, bei dem blüht und gedeiht alles. Wie kann das sein?"
„Ja … vielleicht gießt der trotz Verbot am Abend fleißig."

Mit diesen Gedanken gingen sie zurück und kamen noch rechtzeitig vor den anderen Gästen an.

Natürlich war der grüne Garten eines Nachbarn auch Thema dieses Abends, doch keiner konnte so richtig sagen, was der Nachbar anders machte.

Rica, Pauls Frau, hatte sich große Mühe mit dem Geburtstagessen gegeben. Die Gäste waren rundum zufrieden und sagten nicht nein, als ihnen ein Verdauungsschnaps angeboten wurde. Gerd flüsterte Irma ins Ohr: „Ich bin mal kurz verschwunden. Danach vertrete ich mir noch ein wenig die Füße – das lange Sitzen…"

„Ist okay", antwortete Irma und Gerd verschwand erst einmal ins *geheime Gemach* und dann mit Jacke und Hut nach draußen.

Inzwischen war es dunkel, nur von den Straßenlaternen fiel ein trübes Licht auf den Gehweg. Nach wenigen Metern stolperte er über ein Hindernis. Seine kleine Taschenlampe, die in jede Jackentasche passte, hatte er immer dabei. Gerd knipste sie an und suchte nach der Ursache seines Stolperns. Ein Schlauch, der sich quer über die Straße zur einen Seite zu besagtem Nachbarn und zur anderen Seite zum Dorfteich schlängelte. Von dort kam ein leises Geräusch. Eine Pumpe oder etwas Ähnliches. *Nachtigall ick hör dir trapsen!* *Der grüne Garten!*

Gerd machte sich auf den Rückweg; Irma hatte inzwischen Paul und Rica informiert, wo Gerd abgeblieben war. Als dieser wieder das Haus betrat, nahm er seinen Freund zur Seite und berichtete ihm, warum im Dorfteich immer weniger Wasser sei. Mit großen Augen hörte Paul ihm zu. „So ein Gauner. Na warte", lautete sein Kommentar.

Es war schon fast Mitternacht als Irma und Gerd sich verabschiedeten und Richtung Hotel marschierten. Dort angekommen gingen sie sofort ins Zimmer, machten sich bettfein und stellten fest, dass ein so langer Abend nix mehr für sie sei … „Kaputt wie zehn junge Hunde", sagte Gerd und gähnte ausgiebig.

Am nächsten Tag, nach einem ausgiebigen Frühstück, ging es wieder heim. Sie hatten ihren Freunden versprochen, sich direkt nach dem Eintreffen zu melden, damit diese sich keine Sorgen machen müssten.

Da die nächsten Tage sich außerordentlich turbulent zeigten, geriet dieses Versprechen in Vergessenheit und sie meldeten sich erst am darauf folgenden Wochenende. Nach den üblichen Floskeln und der Frage: „Wie geht es und habt Ihr die Feier gut überstanden, kam das Thema Dorfteich des Nachbarn aufs Tapet.

Gerd sah seinen Freund durch die Telefonleitung grinsen:

„Ach der … hat seinen Schlauch inzwischen eingerollt und klaut kein Wasser mehr aus dem Teich."

„Wie habt Ihr das denn angestellt?"

„Ganz einfach", erwiderte Paul, „wir haben – natürlich auch im Dunkeln – den Schlauch einfach umgeleitet."

„Und wohin?"

„Na, in der Nähe ist eine Öffnung zum Abwasserkanal. Dort hinein steckten wir das Ende des Schlauches. Du kannst dir vorstellen, wie Garten und Haus am nächsten Morgen gerochen haben … zumal die immer bei geöffnetem Fenster schlafen!"

Irma hatte alles mitgehört und gleichzeitig mit Gerd angefangen herzlich zu lachen. Natürlich blieb die Geschichte im Dorf nicht geheim, zumal sich der Geruch überall verbreitete. Wie heißt es im Volksmund?

Wer den Schaden hat, braucht für den Spott nicht zu sorgen!

Die Dorfbewohner rätseln noch heute, wer diese Schweinerei verbrochen hat.

Kleine Fische leben länger

Fritz kaufte sich, und das war dumm,
von privat ein großes Aquarium.
Mit Fischen in ganz vielen Farben –
die könnt' er dazu gratis haben.

Das Aquarium war nun leer und geputzt,
im Eimer hatten die Fische Frust;
auf dem Heimweg Steine und Pflanzen gekauft,
zu Hause stellt er es im Wohnzimmer auf.

Das Gerät zur Sauerstoffzufuhr angeschlossen,
Steine und Pflanzen rein – Wasser zugegossen.
Dann wurden die Fische aus dem Eimer befreit,
und landen mit Schwung in ihrem renovierten Heim.

Oft saß er jetzt vor dem Aquarium, der Fritze…
Sah zu, wie die Fische durchs Becken flitzen,
im Laufe der Wochen wunderte er sich –
immer größer wurde vor allem *ein* Fisch!

Er überlegt, was mach ich bloß?
Für dies Becken ist er viel zu groß!
Der Fisch übersiedelte in den Gartenteich,
ob er sich freute über sein neues Reich?

Doch lebte er im Freien sehr gefährlich,
ein Graureiher näherte sich ihm nämlich,
als der Fisch neugierig nach oben kommt,
sein letztes Stündlein schlägt nun prompt…

Der Reiher fliegt mit seiner Beute zum Nest,
für die Familie war der *kleine Fisch* dort ein Fest!
Irgendwann traf Fritz den Verkäufer wieder,
als er ihm die Story erzählte,
schlug der die Augen nieder.
Das war wohl nicht ganz okay –
ich tu's auch nicht wieder!

Die Moral von der Geschicht'
Geh zum Fachhandel,
dann passiert so was nicht!
                    (oder doch?)

Nachbarn

Alfred Schöner und sein Frau Gerda saßen nach dem Abendessen im Wohnzimmer; bei einem Glas Rotwein wollten sie, wie üblich im dritten Programm die Nachrichten schauen. Im Anschluss gab es eine Musiksendung, mit alten Schlagern und Originalinterpreten. Normalerweise schalteten sie nach den Nachrichten den Fernseher ab und widmeten sich ihrem Hobby. Geschichten schreiben, rätseln, lesen und dabei italienische oder russische Musik hören.

Die Nachrichten waren beendet und die neue Sendung begann gerade, als es in der Nachbarwohnung wieder einmal Streit gab.

„Man kann bereits die Uhr danach stellen", sagte Gerda. „Wenn das so weitergeht, suchen wir uns eine andere Wohnung."

„Erinnerst du dich", fragte Alfred zurück, „wie lange wir brauchten, um diese Wohnung hier im Hochhaus zu bekommen?"

„Du hast schon Recht, Alfred, doch ich dachte nur, es wäre für uns eine Notlösung und wir würden weiter suchen. Außerdem, Hochhaus, vierzehnter Stock; kein Fenster aufmachen können, um mal frische Luft herein zu lassen – immer bloß diese Klimaanlage…"

Alfred Schöne stand auf, ging über den Hausflur und klingelte an der Tür der Mitbewohner. Herr Vogel, der Nachbar, öffnete und fragte nach dem Begehr des Nachbarn. „Ich hätte eine Bitte", antwortete dieser, „könnten Sie Ihren Streit vielleicht etwas leiser austragen? Fast täglich müssen wir uns das abends anhören und eine Unterhaltung unsererseits ist dabei kaum noch möglich."

Ehe Alfred sich versah, schlug der Nachbar mit einem Grinsen im Gesicht, die Tür wieder zu.

Schöners erwarteten es zwar nicht, doch von Stund an war Ruhe beim Nachbarn.

Gerda fragte: „Was hat er denn gesagt?"

„Nix … er hat mir die Tür vor der Nase zugeschlagen."
In den nächsten Tagen hörte man zwar immer wieder Streit, aber der war zum Aushalten. Wenn allerdings der Nachbar mit seinem Hund Gassi ging und man sich begegnete, ging man grußlos aneinander vorbei.
Vierzehn Tage später knallte es erneut und diesmal eskalierte der Krach; es hörte sich an, als würden die Nachbarn die Einrichtung zertrümmern. Das war Schöner's nun endgültig zu viel und Alfred wählte die Nummer der Polizei. Nach seiner Schilderung versprachen die Beamten, vorbeizukommen.
Nur kurze Zeit später standen zwei Polizisten vor der Wohnungstür der Eheleute Vogel. Die Tür wurde aufgerissen, und die Beamten sahen sich einem Mann mit hoch rotem Kopf gegenüber.
„Sie wünschen?", bellte Herr Vogel
Die Sachlage konnte offensichtlich geklärt werden, und die Polizisten rückten wieder ab.

An einem der nächsten Tage begann es zu regnen. „Da treibt man keinen Hund vor die Tür", meinte Gerda.
„Du hast gut reden – wir haben ja keinen. Ach", sinnierte Alfred, „ist dir übrigens aufgefallen … es ist nebenan arg ruhig geworden. Scheint, als habe der Besuch der Polizei etwas bewirkt. Außerdem fällt mir ein, als ich vorgestern nach Hause kam, begegnete mir Frau Vogel."
„Ja – und?"
„Sie war mit dem Hund unterwegs; das machte eigentlich immer ihr Mann."
Wider Erwarten blieb es nebenan ruhig; dann machten Alfred und Gerda eine Woche Urlaub im Emsland. Gut erholt und genauso gut gelaunt kamen sie nach Hause, meldeten sich bei den Nachbarn

unter ihnen zurück und trafen die Nachbarin von gegenüber, als sie mit ihrem Hund im Aufzug verschwand.

Nachdem das gebräuchliche Ritual, alles auspacken, duschen und etwas zum Essen machen, erledigt war, verzogen sie sich in ihr Wohnzimmer, um auch, wie üblich, die Nachrichten zu schauen.

Plötzlich meinte Gerda, sozusagen aus heiterem Himmel: „Sag mal Alfred, fällt dir etwas auf?"

„Was sollte mir auffallen? Die Nachrichten sind noch die gleichen, eine Regierung haben wir ebenfalls immer noch nicht, was sonst noch?"

„Na, erstens ist es ausgesprochen ruhig bei unseren Streithähnen und zweitens … sonst ging immer *er* mit dem Hund raus und jetzt nicht mehr. Das ist mir schon einmal aufgefallen. Komisch."

„Sei doch froh. Vielleicht haben sie sich wieder vertragen", sagte Alfred.

An einem der nächsten Tage trafen die beiden Damen Schöner und Vogel vor der Haustür aufeinander. Sie fuhren gemeinsam mit dem Lift nach oben und Gerda sprach Frau Vogel an, ob etwas mit ihrem Mann sei. Krank oder so. Man sähe jetzt immer sie mit dem Hund Gassi gehen.

Inzwischen waren sie im vierzehnten Stock angekommen und Frau Vogel antwortete aggressiv: „Mein Mann ist abgehauen; ich weiß nicht, wo er sich rumtreibt."

Dann gingen beide ihrer Wege.

Eine Woche nach der Begegnung. Schöner's saßen vor der Flimmerkiste und sahen die Nachrichten der aktuellen Stunde. Plötzlich ein Schrei … „Hör dir das an! Eine unbekannte männliche Leiche wurde tot im Rhein bei Xanten gefunden. Die Person trug weder Papiere noch Geldbörse bei sich. Nur zwei Schiffstickets fand die

Polizei in der Hosentasche des Angeschwemmten. Wer kannte diese Person? Hinweise an jede Polizeidienststelle."

Gerda sah ihren Mann an: „Mensch, das ist doch … na klar! Das ist unser verschwundener Nachbar Vogel. Das Gesicht aufgedunsen. Hat wohl etwas länger im Wasser gelegen. Aber das ist er!!!"

Gleich am nächsten Morgen machten sie ihre Aussage bei der Polizei in Köln. Es dauerte nicht lange und zwei Beamte erschienen, um Frau Vogel die traurige Nachricht zu überbringen. Sie wiederholte auf die Frage der Beamten die Behauptung, ihr Mann sei vor etwa drei Wochen abends weggegangen und seitdem nicht wieder nach Hause gekommen.

*

Kommissar Christian Senner war ein Pedant und arbeitete eigentlich am liebsten allein. In dem Fall war das nicht möglich, deshalb suchte er sich eine Kollegin auf der Wache aus, die ihn nicht immer wegen seines Namens hänselte. Von wegen Berg- oder Käsebauer.

Als erstes musste geklärt werden, wie die Leiche von Köln nach Xanten kam. Der Rhein führte relativ viel Wasser, die Strömung war entsprechend stark und folglich ließen sich entsprechende Rückschlüsse ziehen.

Zum Zweiten konnte sich ein Mitarbeiter der Rheinflotte daran erinnern, dass er Fahrkarten für eine Fahrt an zwei Personen, vielleicht ein Ehepaar, verkauft habe. Die Frau, die sich in Begleitung des Herrn befand, sei blond und schlank gewesen.

Der dritte Schritt war, dass der Kommissar im Revier herumfragte, ob eventuell jemand zu diesem Fall etwas beizutragen hätte.

Polizeimeister Schulze meldete sich. Er berichtete, es sei nicht allzu lange her, dass er und eine Kollegin zu einer Hochhaussiedlung wegen Ruhe störenden Lärms gerufen wurden. Die jetzt gefundene Leiche habe Ähnlichkeit mit dem Mann, der ihnen damals die Tür öffnete.

Am kommenden Morgen klingelte Kommissar Senner im Hochhaus an der Wohnungstür der Vogels. Nach einigen Minuten öffnete eine etwas korpulente, schwarzhaarige Frau und wurde von Senner befragt. Sie konnte beweisen, zu der in Frage kommenden Zeit gearbeitet zu haben und auch, dass sie, außer mit ihrem Hund, das Haus nicht verlassen habe.
Christian Senner bedankte sich für die Auskünfte und kündigte an, dieses nachzuprüfen. Alle anderen Befragungen von Nachbarn, Arbeitskollegen oder Leuten, die sich meldeten, Frau Vogel mit ihrem Hund gesehen zu haben, bestätigten deren Alibi.
Die schlanke, blonde Frau, mit der Herr Vogel die Rheinpartie gemacht haben sollte, wurde nie gefunden.

Das Ehepaar Schöner zog, obwohl es nun auf der Etage ruhig geworden war, ein Jahr später aus. Sie hatten in einer ländlichen Gegend, im Großraum Köln, ein altes Fachwerkhaus gefunden.

Opas Ohrensessel

Es war wieder einmal an der Zeit, Katja und Klaus – K. und K. wurden sie von Freunden genannt – besuchten ihre Großeltern in der Stadt und diese zweihundert Kilometer fuhren sie gerne. Katjas Eltern hatten sie als Kind in ein Waisenhaus gegeben, so wurden Oma und Opa, nachdem sie das erfuhren, ihre Ersatzeltern.

Später, als Katja war erwachsen und brachte einen Freund mit, wurde auch dieser selbstredend in der Familie aufgenommen. Wo gibt es das heute noch. Wenn, dann gewiss ganz selten. Auch als Katja ihren Klaus heiratete, wurde für die Beiden ein Zimmer frei geräumt. Einige Jahre später entschlossen K. und K. sich, in der Lüneburger Heide zu bauen; der Opa zeigte sich sehr großzügig und steuerte ein paar tausend Euro bei.

Jetzt waren sie auf dem Weg zu ihnen, um mal nach dem Rechten zu sehen. Klaus fand sogar einen Parkplatz vor dem Haus. Sie stiegen aus und klingelten. Verwundert schauten sie auf den Opa. „Ist etwas passiert? Sonst macht doch immer Oma die Tür auf?"

Opa machte ein trauriges Gesicht und antwortete: „Oma geht es nicht gut, sie liegt seit ein paar Tagen."

Warm eingepackt lag ihre Oma mit blassem Gesicht auf dem Sofa. Erschrocken fragte Katja. „Was machst du denn für Sachen?"

Oma lächelte gequält: „Ich glaube, der Herrgott ruft mich."

„Wie kommst du denn darauf? War der Arzt schon da?"

„Ja, mehrmals. Er meinte, er könne mir nicht mehr helfen."

„Mensch Oma, du kannst Opa und uns doch nicht alleine lassen!"

Klaus kochte einen Kaffee und Katja versuchte, liegen gebliebene Sachen in der Wohnung zu richten. Opa lehnte sich in seinem Sessel zurück und ließ die jungen Leute machen.

Nach einigen Stunden, sie wollten vor dem Dunkelwerden wieder zu Hause sein, verabschiedeten sie sich schweren Herzens. Dem Opa legten sie nahe, sie sofort zu verständigen, sollte etwas Tragisches eintreten.

*

Vierzehn Tage später erreichte Katja und Klaus die traurige Nachricht, dass ihre Oma nicht mehr länger hätte leiden müssen. Sie entschlief mit einem Lächeln. Ob sie glaubte, in eine bessere Welt zu kommen?

Nun war Opa allein. Und so, wie sich die Großeltern früher um sie kümmerten und die Elternteile vertraten, so wollte Katja nun für ihren Opa da sein.

Eigentlich wollte Opa nicht aus der Wohnung ausziehen. Soviel Erinnerungen in jedem Raum. Doch Katja und Klaus zeigten ihm die Vorteile auf, wenn er zu ihnen zöge. Ihm stünde sein eigenes Zimmer, mit einem kleinen Bad, zur Verfügung. Und er müsse sich um nichts kümmern. Sie würden ihn versorgen, so dass es ihm an nichts mangelte. Nach einigen Überredungskünsten ließ er sich darauf ein, in die Lüneburger Heide zu ziehen.

„Aber", darauf bestand er, „mein alter Sessel muss auf jeden Fall mit. Der ist mir zu wertvoll. Ohne ihn könnt ihr den Umzug vergessen."

Katja und Klaus überlegten, was er wohl an diesem antiken, durchgesessenen Möbelstück fände. Doch daran sollte es nicht scheitern; es war und ist anscheinend sein Lieblingsplatz.

Nach einer Weile hatte sich Opa, trotz kleinerer Bedenken, gut eingelebt und der Sessel stand an einem Ehrenplatz. Benutzt wurde er täglich.

*

Der Verlust seiner Frau machte Opa noch immer mehr zu schaffen als er es wahrhaben wollte. Trotz liebevoller Betreuung schloss auch er nach wenigen Monaten die Augen für immer. Nun weilte er im Himmel und suchte ganz bestimmt nach Oma. Die war ganz gewiss oben.

Da es keine weiteren Verwandten gab, fand die Beisetzung am Wohnort von Katja und Klaus in der Lüneburger Heide statt.

Opas Zimmer stand ihnen wieder zur Verfügung und Klaus meinte, der Sessel sei auf dem Sperrmüll gut aufgehoben. Katja nickte, meinte aber: „Ich glaube, wir sollten dieses Möbelmonster erst ein wenig genauer untersuchen. Vielleicht ist etwas Besonderes mit ihm. Lässt sich zum Beispiel der Sitz herausnehmen oder die Lehne hat ein Geheimfach?"

Klaus grinste. „Na gut, zwischen einem paar verrosteten Sprungfedern finden wir bestimmt einige Knöpfe … Oder so!"

Sie einigten sich darauf, den Sessel am kommenden Wochenende einer genauen Inspektion zu unterziehen.

*

Am Samstag, nach dem Frühstück, begannen sie mit der Demontage des alten Möbels. Nach einer guten Stunde lagen die Einzelteile im Raum verstreut; zuletzt ging es den Füßen an den Kragen (!). Diese ließen sich, zu ihrer Überraschung, ganz leicht abschrauben und dann kam die Sensation!

Alle vier Füße waren hohl und in jedem Fuß fanden Katja und Klaus Geld in großen und kleinen Scheinen.

„Jetzt wissen wir, warum Opa seinen Sessel so liebte; er traute keinem Geldinstitut über den Weg und setzte sich lieber drauf. Im übertragenen Sinne", meinte Katja.

Klaus nickte: „Das war sein Sparkonto."
Sie zählten eine ziemlich große Summe und konnten mit dieser *Überraschung* die letzt Rate ihres Hauses abzahlen.

Diese Geschichte beruht auf einer wahren Begebenheit. Anmerkung des Autors.

Der Stein des Anstoßes

In der Nähe der Stadt Leverkusen sollte eine neue Siedlung mit Einfamilienhäusern entstehen. Ein Angebot in der örtlichen Tageszeitung las sich ganz gut. Es war nicht weit zum Einkaufen; auch eine Kindertagesstätte befand sich in der Nähe.
Elli und Norbert arbeiteten beide in einer großen Firma, lasen den Artikel und diskutierten ihn in den nächsten Tagen. Auch mit Ellis Mutter, die, hoch betagt, nicht mehr allein leben konnte. Ihrer beider Einkommen, plus einem Teil von Mutters Rente – sollte sie einverstanden sein – würden ausreichen, diesen Kauf zu stemmen. Weitere Erkundigungen wurden eingezogen und ein Vorgespräch mit der Bank, zwecks Hauskauf, fand ebenfalls statt. Elli und Norbert ließen sich also vormerken, die Mutter sollte zu ihnen ziehen und ihren Lebensabend bei ihnen verbringen.

*

Endlich war es soweit. Immer wieder schauten sie im Vorfeld, wie ihr Haus *wurde*! Sie schmiedeten Pläne: wie gestalten wir den Vorgarten und hinter dem Haus entstand eine schöne Terrasse. Ein abgetrenntes Stück solle als Küchengarten ausgestattet werden mit frischem Gemüse, aber auch für einige schöne Blumen.

Der Tag des Einzugs war da!

Der Wettergott ließ die Sonne scheinen, die Möbelspedition war pünktlich und es klappte alles wie am Schnürchen. Elli konnte sich also langsam wieder abregen...

In den folgenden Monaten entstand alles genauso, wie sie es vorgeplant hatten. Ein attraktives Rasenstück im Vorgarten mit einer kleinen Hecke als Abschluss, die kleinen Beete für Gemüse und auch einige Sträucher mit Johannis- und Stachelbeeren. Alles gedieh prächtig und auch das Zusammenleben mit Muttern spielte sich ein. Sie war inzwischen glücklich, aus dem Hochhaus ausgezogen zu sein.

*

Die Zeit ging dahin. An einem Freitag ... Elli und Norbert kamen von der Arbeit heim. Sie machten meistens gemeinsam Schluss, ihre Tätigkeiten in der Firma ließen dies zu. Zunächst begrüßten sie die Mutter; erst dann schlüpften sie an der Garderobe in ihre Hauskleidung, um in der Küche das Abendessen zu richten.

„Was ist das denn", fragte Elli ihren Mann und drehte sich um.

„Das, meine liebe Elli, ist ein Stein, genauer gesagt, ein Pflasterstein."

„Und wie kommt der – bitteschön – auf den Küchentisch?"

„Gute Frage, nächste Frage!", antwortete Norbert. Doch er war genauso erstaunt wie Elli, nahm den Stein und dann marschierten sie gemeinsam zu Muttern. Die grinste schon, als die Beiden, mit dem Stein in der Hand, ihr Zimmer betraten. Bevor weder Elli noch Norbert den Mund aufmachten, sagte sie lächelnd: „Den habe ich heute Nachmittag im Vorgarten gefunden; ungefähr einen halben Meter rechts vom Gartentor."

Sie rätselten noch eine Weile herum. Den Stein deponierten sie am ende des Gartens am Zaun.

Genau vierzehn Tage später geschah das Gleiche wieder. Elli berichtete ihrer Kollegin von diesem seltsamen Vorkommnis und bekam zur Antwort: „Das ist eine neue Masche von Einbrechern. Solange der Stein weggeräumt wird, ist jemand zuhause. Bleibt er längere Zeit liegen, können die Burschen davon ausgehen, das der Bewohner wahrscheinlich in Urlaub ist – oder so."

Mit diesem Wissen ging Elli abends nach Hause und dort wurde von allen Dreien eine Idee geboren: Sollte das also noch einmal passieren, würden sie den Stein liegen lassen. Ellis Mutter sollte sich ans Fenster setzen und ab nachmittags die Straße beobachten.

*

…und tatsächlich! Als Elli und Norbert an einem Freitag heimkamen, wartete Mutter Else mit einer Nachricht auf: „So gegen siebzehn Uhr standen zwei junge Burschen am Zaun und guckten nach dem Stein. Der Eine ziemlich lang, dünn und mit blonden Haaren. Der Andere etwas kürzer mit einer auffallend roten Mähne. Und wenn ich das richtig gesehen habe, zogen die so eine kleine Handkarre hinter sich her. Was drin war, konnte ich leider nicht sehen. Ach ja… und Bayern München ist Deutscher Fußballmeister geworden!"

Mit diesen Worten ging Mutter Else erstmal die Luft aus!

„Die erste Nachricht ist ja sehr interessant, die zweite weniger. München wird doch sowieso immer Meister. Wichtig ist", meinte

Norbert, „dass der Kölner FC aufgestiegen ist." Sprachs und grinste fröhlich in die Runde.

Am nächsten Tag nahm Norbert sich von der Arbeit den Vormittag frei, um der Polizei von diesem Vorfall zu berichten. Die Beamten versprachen ihm, dass eine zivile Streife in nächster Zeit ein wachsames Auge auf ihr Haus haben würde. Die Polizei hatte bereits von anderen, ebenfalls etwas abseits wohnenden Bürgern, Ähnliches gehört. Sie sollten den Stein also liegen lassen und, falls möglich, auch spät abends kein Licht anmachen.

*

Vierzehn Tage später bekamen Elli und Norbert einen Anruf von der örtlichen Polizei: „Sie können den Stein in Ihrem Vorgarten gefahrlos entsorgen. In einem Haus, ganz in Ihrer Nähe, sind tatsächlich die zwei von Ihnen beschriebnen Burschen eines Nachts eingestiegen. Sie hatten mit der gleichen Masche versucht, herauszufinden, ob jemand verreist wäre. Nur hatten sie das Pech, dass der Ehemann selbst bei der Polizei ist. Sie wurden also gefasst."
„Pech für die Gauner, Glück für alle Anwohner in ruhiger Lage…!" Norbert fügte noch hinzu: „Doch es wird nicht allzu lange dauern und die Gauner denken sich einen neuen Trick aus."
Seitdem achten sie an der Hausmauer verstärkt auf *Gaunerzinken*!

Auch diese Geschichte wurde nach einer wahren Begebenheit aufgeschrieben. Anmerkung des Autors.

Wo ist Kurt Maser

In jedem Dorf, sei es noch so klein, gibt es mindestens eine Kirche und, meist unmittelbar daneben, eine Kneipe. Drücken wir es vornehmer aus: ein Wirtshaus. So auch in dem kleinen Örtchen Mehlberg. Fünf Bauernhöfe zählte man; private Unterkünfte gab es wenig, obwohl der Bürgermeister landesweit dafür Reklame machen ließ. Neben der guten Luft, fände man preiswertes Bauland und einen gut sortierten Krämerladen, in dem alles zu bekommen sei, was eine Familie zum täglichen Leben benötige. Obst und Gemüse boten die einzelnen Höfe in kleinen Hofläden an. Frische, regionale Ware.

*

Familie Maser, Papa Kurt, Mama Waltraut und Tochter Helga kamen aus dem Urlaub und durchfuhren mit dem Auto den kleinen Ort. Sie hatten gerade das einzige Wirtshaus passiert, als sich die Stimme ihrer Tochter dringend vom hinteren Sitz meldete: „Ich muss mal!"
„Konntest du das nicht früher sagen?", meckerte Papa.
Prompt kam es: „Da musste ich noch nicht!"
Bei nächster Gelegenheit wendete Vater Kurt und stellte das Auto auf dem kleinen Parkplatz vor dem Wirtshaus ab. Plötzlich mussten alle drei und stiegen aus. Es war gegen Mittag als sie die Gaststätte betraten. Außer an dem Stammtisch in einer Nische waren keine weiteren Gäste anwesend. Vater Kurt sprach die Wirtin an, ob sie die Toilette aufsuchen dürften – sie seien auf der Durchreise. Mit einem Lächeln sagte die Wirtin ja und wies ihnen den Weg.

Nachdem sie sich alle wieder in der Gaststube eingefunden hatten, fragte Waltraut, ob es vielleicht etwas zu essen gäbe. Die Wirtin bejahte: „Diese Woche gibt es Sauerkraut mit Kasseler und Kartoffelpüree. Wenn Sie das mögen, können Sie gern Platz nehmen."
Das ließen Masers sich nicht zweimal sagen.
Das Essen war schmackhaft und der Preis günstig. So gestärkt verabschiedeten sich die Drei von der Wirtin mit den Worten: „Es war nett bei Ihnen – wir werden Sie weiter empfehlen."
Jetzt hatte man nur noch runde zweihundert Kilometer zu fahren und war zu Hause.
Sie kamen gut voran und am frühen Nachmittag stand das Auto in der Garage, das Gepäck wurde im Wohnzimmer abgestellt und sie meldeten sich bei den Nachbarn zurück, um die angefallene Post sowie den dort deponierten Hausschlüssel entgegen zu nehmen. Es blieb genügend Zeit, alles wieder in die Reihe zu bringen. Schließlich war Wochenende.
Am Montag begann für alle wieder der Alltag. Waltraut Maser arbeitete als Verkäuferin im örtlichen Kaufhaus; Papa Kurt war, etwas außerhalb des Ortes, als Vertreter einer Elektrofirma ständig unterwegs. Oft genug musste er auswärts übernachten, was die Familie nicht so toll fand. Töchterchen Helga ging wieder in den Kindergarten.
An diesem ersten Arbeitstag frühstückten alle gemeinsam, dann verabschiedete sich zuerst der Vater. Er hatte den weitesten Weg zur Arbeit. Mama hatte ihr eigenes, kleines Auto und war somit unabhängig, um ihre Tochter vorher am Kindergarten abzusetzen.
Doch dieser Tag barg eine tolle Überraschung, als sie sich bei ihrem Chef zurück meldete. Die Stelle der Personalleiterin war inzwischen frei geworden und diese bot man ihr an. Die Beförderung

wurde gern angenommen; ein paar Euro mehr auf dem Konto waren schließlich nicht zu verachten.

*

Abends berichteten alle drei von ihrem ersten Tag nach dem Urlaub aus der Firma, aus dem Kaufhaus und aus der Kita.
Vater Kurt kam allerdings gleich mit einer Hiobsbotschaft. Am kommenden Freitag müsse er einen weiter entfernt wohnenden Kunden besuchen und würde auch dort übernachten.
„Aber … wir wollten doch an diesem Wochenende meine Eltern besuchen; Helga freut sich schon so sehr auf den *Omabesuch!*"
„Du kannst gern mit unserer Tochter allein fahren, dann brauche ich mich nicht so zu hetzen." Sprach's und verzog sich ins Wohnzimmer vor die Flimmerkiste.

*

In den kommenden Wochen wiederholte sich mal freitags oder sogar am Samstag der Auswärtseinsatz. Die Stimmung in der Familie änderte sich nicht gerade zum Besten. Gemeinsame Ausflüge oder Besuche bei Freunden wurden immer seltener. Auch ihre kleine Tochter verstand die Welt nicht mehr. Es fühlte sich alles so anders an … vor dem Urlaub und in der Zeit davor, war es viel schöner und friedlicher zu Hause gewesen.
Mama fand das auch zunehmend irgendwie komisch. Angeblich gab es keinen anderen Mitarbeiter, der mit dem Wochenendeinsatz betraut werden konnte. Ihren Mann darauf angesprochen, erwiderte er immer das Gleiche: „Es gibt niemanden."

Wenn sich erst einmal Misstrauen einschleicht, ob alles so seine Richtigkeit hat, kommt unweigerlich das Gefühl, dass man der Sache nachgehen sollte. In der Firma wollte Waltraut Maser nicht anrufen; es ging keinen Fremden etwas an, was und woran sie dachte. Doch dann kam ihr ein Gedanke. Sie begann vor und nach jedem Wochenendeinsatz den Tachostand am Wagen ihres Mannes abzulesen und aufzuschreiben. In den darauf folgenden Wochen fragte sie Kurt, ob er immer den gleichen Kunden besuchen müsse.

„Nein, wie kommst du darauf?"

„Ach – ich meine nur so", antwortete Waltraut. Doch auch in den nächsten Monaten änderte sich nichts. Jetzt formte sich eine Idee in ihrem Kopf…

*

Wieder einmal Freitag. Waltraut Maser hatte dienstfrei und fragte ihre Tochter, ob sie denn Lust hätte, ein Wochenende bei Oma und Opa zu verbringen. Mit strahlenden Augen sagte sie: „Oooh, wie schön. Oma erzählt immer so tolle Geschichten und ich darf auch mit der Mieze spielen."

Sie hatte das mit ihren Eltern abgesprochen; auch sie freuten sich auf ihre Enkeltochter und darauf, sie wieder verwöhnen zu dürfen. Als Erklärung musste der Besuch bei einer Freundin herhalten. Waltraut hatte einen Verdacht und den wollte sie unbedingt überprüfen. Also setzte sie ihre Tochter bei den Großeltern ab, dazu eine Tasche mit dem Nötigsten. Nachtwäsche, ein Bilderbuch, usw. Danach fuhr sie weiter und zwar in die Richtung, aus der sie im letzten Urlaub zurückkamen. Vorher stellte sie ihren Tacho auf Null. Die Uhr zeigte bereits Mittag, als sie sich ihrem Ziel näherte. Die Landschaft war reizvoll; viele Felder, auf denen sich das Korn im Wind wiegte. Am Feldrain wuchsen noch Wildblumen und wenn man ausstieg, hörte man die Insekten summen. Dann sah sie das Haus, in das sie auf der Rückfahrt aus dem Urlaub einkehrten, auf der rechten Seite. Langsam fuhr sie vorbei und da … auf einem eingezäunten Parkplatz stand das Auto ihres Mannes! Ihre Ahnung hatte sie nicht getrogen! Die *nette* Wirtin also!

Waltraut Maser wendete bei nächster Gelegenheit und schaute auf den Tacho. Die Entfernung stimmte. Schweren Herzens machte sie sich auf den Heimweg.

*

Zu Hause angekommen, fuhr sie das Auto in die Garage und bemühte sich, ungesehen ins Haus zu kommen. Sie hatte die ganze Strecke geweint, und danach sah sie auch aus.

Warum tut Kurt mir das an?

Was mache ich jetzt?

Was sage ich unserer Tochter?

Wie soll es nun weitergehen?

Völlig aufgelöst, ohne Abendessen, ging sie ins Schlafzimmer, kleidete sich aus und ging zu Bett. Mit immer wiederkehrenden Gedanken – warum? – wir waren doch glücklich. Waren wir das? – schlief sie endlich mit verweintem Gesicht ein.

Das permanente Klingeln der Haustürglocke weckte Waltraut auf. Im Nachthemd, mit nackten Füßen und immer noch verweintem Gesicht, ging sie zur Tür und schaute erst einmal durch den Spion. Als sie ihren Mann erkannte, öffnete sie, drehte sich um, ging wieder ins Bett und zog sich die Decke über den Kopf. Kurt folgte ihr und fragte etwas zu laut: „Wieso lässt du den Schlüssel von innen stecken?"

Keine Antwort.

Wie immer, wenn er von der *Reise* zurückkam, zog er sich aus und ging ins Bad. Frisch geduscht zog er seinen Schlafanzug an und ging ins Bett. Er rutschte etwas näher zu seiner Frau. Die fauchte ihn an: „Komm mir ja nicht zu nahe! Du betrügst mich mit der Wirtin, in deren Gasthaus wir auf der Rückfahrt aus dem Urlaub Halt machten."

„Du spinnst – sie ist eine Kundin von uns!"

„Ach ja? Braucht die Dame alle zwei Wochen neue Elektronik? Belüg mich nicht länger; – ich habe wochenlang deinen Tachostand abgelesen. Dann bin ich die Strecke abgefahren und habe dein Auto neben dem Haus auf dem Parkplatz stehen sehen. Auch wenn ihr es mit einer Plane verdeckt hattet, dein Nummernschild war klar erkennbar."

Kurt fühlte sich ertappt. Es blieb nichts mehr zu sagen.

Waltraut erhob sich und verbrachte die restliche Nacht auf dem Sofa im Wohnzimmer. Schlafen konnte sie nicht mehr. Immer wieder der gleiche Gedanke: Warum? Warum? Warum? Einmal hätte sie vielleicht verziehen – Gelegenheit macht Diebe – doch die Affäre ging wohl seit dem Ende des Urlaubs. Nun war Sonntag, sie sah auf die Uhr: fünf in der Früh. Leise stand sie auf und zog sich an. Schnappte sich die Handtasche, sowie die Hausschlüssel, ging in die Garage und fuhr, ohne eine Nachricht zu hinterlassen, zu ihren Eltern.

Ihr Vater kam gerade aus dem Bad als er seine Tochter mit dem Auto vorfahren sah. Um diese Zeit? Es war gerade sechs Uhr am Morgen, dazu noch Sonntag. Ob etwas passiert war? Sie kam ihm beim letzten Besuch, als sie Helga bei ihnen ablieferte, etwas bekümmert vor. Leise ging er zur Haustür und öffnete, da brauchte seine Tochter nicht zu klingeln. Oma und Enkeltochter schliefen noch. Er lotste Waltraut in die Küche; fragen brauchte er nicht. Sie fiel ihm in die Arme und begann bitterlich zu weinen. Zwischen Schluchzen und Tränen abwischen erzählte sie ihrem Vater die Geschichte. Der letzte Satz lautete: „Ich lasse mich scheiden!"

*

Gegen Abend verabschiedete sie sich von ihren Eltern und fuhr mit ihrer Tochter heimwärts. Unterwegs berichtete ihr die Kleine, was Oma und Opa alles mit ihr unternommen hatten.

Waltraut bog in ihre Straße ein und sah schon von weitem das geöffnete Tor der Doppelgarage. Die Haustür war nur zugezogen, nicht abgeschlossen und in der Wohnung herrschte Chaos. Alle Zimmertüren und auch die Schranktüren standen offen. Von Kurt keine Spur. Und da kam es auch schon von Helga: „Wo ist Papa?"

„Ja, mein Schatz, es sieht aus, als sei er für längere Zeit verreist."

„Weißt du, wann er wieder kommt? Ich muss ihm doch erzählen, was ich bei Oma und Opa erlebt habe."

„Wir gucken erst einmal, ob er eine Nachricht hinterlassen hat", antwortete sie ihrer Tochter.

Doch alles Suchen half nichts; nirgendwo ein Zeichen. Sie ging an den Computer und rief den Namen der Gaststätte auf, auf deren Parkplatz sie das Auto gesehen hatte. Ohne Erfolg. Ihr Mann sei nicht da. Ließ er sich verleugnen? Waltraut beruhigte zunächst ihre Tochter und versprach ihr, direkt am Montagmorgen in der Firma anzurufen. Sie wollte Helga dann berichten, wenn sie sie aus der Kita abholte. Doch dieser Anruf brachte keine zufrieden stellende Auskunft. Ihr Mann sei pünktlich zur Arbeit erschienen. Was sich allerdings äußerst irritierend ausnahm war die Tatsache, dass er schon vor einiger Zeit um einen Job im Ausland nachgesucht hatte.

Als er am Abend nicht nach Hause kam, blieb Waltraut wohl nur der Gang zur Polizei. Die konnte nichts unternehmen, da es den Anschein hatte, dass Kurt Maser freiwillig ausgezogen sei und die Familie verließ.

Monate vergingen, es kam kein Lebenszeichen. Waltraut Maser lebte mit ihrer Tochter allein und auch sie fragte immer seltener nach ihrem Papa.

Da es offensichtlich war, dass er sich nichts hatte zuschulden kommen lassen, konnte auch keine Behörde helfend eingreifen. Nicht überall wird man so penibel registriert wie in Deutschland, doch es hilft nichts, wenn man keine Spuren hinterlassen will. Kurt Maser blieb verschwunden.

Zwei Jahre später.

Waltraut Maser trug sich mit dem Gedanken, die Scheidung einzureichen, aber sie glaubte immer noch, dass ihr Mann vermisst sei und demnach eine Scheidung nicht möglich. Nachdem sie wieder einmal einen Abend grübelnd im Wohnzimmer verbrachte und zu keinem Ergebnis kam, entschloss sie sich, ins Bett zu gehen. Sie wollte sich gerade fertig machen, da klingelte das Telefon. *Lass es klingeln*, dachte sie und schlüpfte unter die Bettdecke.

Wenige Minuten später stand Helga vor ihrem Bett: „Mama, das Telefon klingelt immer noch. Ich kann nicht schlafen."

Widerwillig erhob sie sich und ging zum Telefon. „Na endlich!", kam es von der anderen Seite. „Sind Sie Frau Waltraut Maser und vermissen Sie seit zwei Jahren Ihren Mann Kurt? Geboren am Ersten April neunzehnhundertfünfundsiebzig?"

„Äh – ja. Das stimmt alles. Was ist mit ihm?"

„Hier ist die Polizeistation Kössen in Tirol, Inspektor Huber am Apparat. Aufgrund eines Index in der Vermisstenkartei, die Landes übergreifend gehandhabt wird, haben wir eine Person gefunden, auf die die Merkmale eines Kurt Maser zutreffen. Leider fanden wir besagte Person nicht lebend. Wir bitten Sie, herzukommen und ihn zu identifizieren. Nach Erledigung der dazugehörenden Papiere müssten sie dafür sorgen, dass er in die Heimat überführt wird."

„Das geht nicht so einfach! Ich muss zusehen, dass ich Urlaub bekomme. Dann muss ich doch auch mit Ihnen absprechen, wie das vonstatten gehen soll."

„Kein Problem, wir werden warten bis sie sich melden. Bis dahin werden wir Ihren Mann sachgemäß *unterbringen*. – Auf Wiederhören."

*

An Schlafen war kein Denken mehr. Aufgeregt wie sie war, musste sie ihrer Tochter erklären, was sie gerade von der österreichischen Behörde gerade erfahren hatte. Am Morgen telefonierte sie mit ihren Eltern, ob diese, nach Lage der Dinge ein paar Tage auf Helga aufpassen könnten. Danach klärte sie in der Firma die für sie erforderlichen Urlaubstage ab und rief auch den ehemaligen Arbeitgeber ihres Mannes an, um ihn von dem Gehörten zu unterrichten. Waltraut schwirrte der Kopf, aber sie hatte keine Zeit zum Nachdenken. Das Beerdigungsinstitut am Ort reagierte sehr entgegenkommend und erklärte sich bereit, nach Kössen zu fahren. Nicht, ohne hinzuzufügen: „Hoffentlich ist das auch so – nicht, dass wir umsonst fahren. Es tut mir Leid, Frau Maser, aber in einem solchen Fall müssten sie die Fahrt trotzdem bezahlen."

Waltraut war sich gefühlsmäßig sicher und bemerkte nur: „Dann wäre das eben so."

Man kam ihr noch weiter entgegen und bot ihr an, im Wagen mitzufahren, damit sie sich nicht selber hinters Steuer setzen musste. Das Nervenkostüm war augenblicklich nicht unbedingt das Beste. Am nächsten Morgen, in aller Frühe, nahmen sie die mehr als fünfhundert Kilometer in Angriff. Am frühen Nachmittag erreichten sie das Polizeirevier von Kössen. Nachdem Waltraut sich ausgewiesen hatte, erzählte der Beamte folgende Geschichte und meinte, dass er es kurz machen würde.

„Ihr Mann hatte sich wohl dieses Mal (!) eine falsche Frau ausgesucht. Sie war verheiratet und der Ehemann erwischte beide in flagranti. Zunächst verprügelte der Gehörnte seine Frau und dann jagte er Ihren Mann mit der Mistgabel durchs Dorf. Bis hin zur Kiesgrube. Den Sturz überlebte er nicht. Leider haben wir ihn erst jetzt gefunden; er ist wohl schon eine Weile tot. Einige Dorfbewohner bekamen seinerzeit das Schauspiel mit und daher wissen wir überhaupt, was geschehen ist. Selbstverständlich wurde ein Arzt hinzugezogen, doch der konnte nur noch den Tod feststellen."

Waltraut setzte sich mit zitternden Knien auf den nächsten Stuhl und schlug die Hände vors Gesicht. Das hätte sie trotzdem nicht gewollt.

„Was muss ich jetzt machen?", fragte sie, als sie sich wieder ein bisschen gefasst hatte.

Man brachte sie zur Pathologie, wo sie einen letzten Blick auf ihren Mann warf und sich verabschiedete. Dann überschlug sie ihre Barschaft und stellte fest, dass sie ausreichte, um zwei Hotelzimmer und die Abendessen zu bezahlen. Die Kosten für die beiden Herren vom Beerdigungsinstitut übernahm sie. Am nächsten Morgen wurden die sterblichen Überreste von Kurt wie, üblich in den großen schwarzen Wagen verbracht und sie fuhren nach Hause.

Immer noch geschockt und ratlos stellte Waltraut Maser für sich fest: Nun bin ich Witwe und keine verlassene Ehefrau mehr. Irgendwie ist das ein *kleiner* Unterschied... Und Helga ist Halbwaise. Das muss ich ihr erst einmal erklären.

Der Parfüm – Freak

Samstag – die Geschäfte waren voll mit Menschen und man gewann den Eindruck, der kommende Tag wäre nicht nur ein Sonntag. Die Einkaufwagen bis an den Rand gefüllt; es sah aus, als hätte jeder eine Großfamilie zu versorgen.

Durch dieses Gedränge quälte sich ein schlanker, blonder Bursche und blieb, als er es geschafft hatte, vor dem Parfümeriestand stehen. Eine ganze Weile betrachtete er die ausgestellte Ware, drehte sich plötzlich auf dem Absatz herum und eilte an der Kasse vorbei zum Ausgang. Ein Detektiv, den fast jeder größere Laden heute beschäftigt, wurde unerwartet laut und schnell.

„Haltet den Dieb! Der Blonde mit dem schwarzen Einkaufsbeutel."

Bevor sich jedoch die Automatiktür schloss, war der Bursche hindurch und im Gewirr der nächsten Straßen verschwunden. Zwei Kunden, die das Geschäft betreten wollten, wurden von dem Detektiv befragt, ob sie etwas gesehen hätten. Sie berichteten von einer Person: „Circa einen Meter achtzig lang, strohblondes Haar, schwarze Jeans und eine Tätowierung Hals", das sei ihnen aufgefallen. Als die herbei gerufene Polizei auftauchte, war von der Person natürlich nix mehr zu sehen.

Nach einer Revision fehlten in der Parfümerieabteilung Waren im Wert von einhundertfünf Euro, die der Besitzer wohl abschreiben konnte.

Vierzehn Tage später: Wieder ein Samstag, wurde in einem Drogeriemarkt ausgestellte Ware von insgesamt zweihundert Euro entwendet. Eine Verkäuferin bemerkte den *Kunden*, als er an ihr vorbei lief, ohne zu bezahlen. Der Ruf nach dem Verkaufsleiter blieb erfolglos; die Beschreibung der Person passte akkurat auf den letzten Diebstahl: lang mit blonden Haaren.
Wieder hatte die Polizei das Nachsehen.

*

Reporter sind meist überall und Menschen, die ihr Ego aufpolieren wollen, ebenfalls. So kam es, dass diese Diebstähle in einer kleinen Rubrik in der örtlichen Tageszeitung erschienen. Ein eifriger Leser glaubte, diese Person zu kennen und benachrichtigte die Polizei.

*

In einem Vorort von Köln wohnte Heiko Meister mit seiner Familie. Sie hatten jahrelang gespart, Euro auf Euro gelegt und so konnten sie sich den Traum vom eigenen Haus erfüllen. Samstag war der einzige Tag, an dem die Familie gemeinsam frühstückte. Für heute war ein Ausflug mit den Kindern ins Phantasialand geplant, also blieb die Küche kalt. Sie würden auswärts essen.
Küche aufgeräumt, Frau und Kinder steckten schon in ihrer Ausgehkluft und Heiko zog sich gerade die Jacke über, als es an der Haustür klingelte. Mutter Meister schaute aus dem Küchenfenster

und bekam einen Schreck. „Heiko, die Polizei steht vor unserer Tür."

Heiko öffnete: „Ja bitte." Mit fragendem Blick sah er die beiden Ordnungshüter an.

„Dürfen wir kurz eintreten?"

Dann fragten sie den Hausherren: „Erstens: Wo waren Sie am Samstag vor acht Wochen? Und, zum Zweiten, erinnern Sie sich, wo Sie am Mittwoch, vierzehn Tage später, waren?"

Heiko schaute seine Frau verdutzt an; sie ging in die Küche zurück und holte den Kalender. Sie gab ihn an ihren Mann weiter und der ließ die Beamten darauf schauen. Für die beiden fraglichen Zeitpunkte gab es ein Alibi.

„Würden Sie jetzt bitte freundlicherweise auch noch Ihren Hals freimachen?"

„Nun werden Sie aber langsam komisch. Was soll das alles …!"

Trotzdem entblößte Heiko seinen Hals.

Die beiden Polizisten schauten sich an und stellten fest, dass sie wohl auf einer falschen Fährte waren. Nun erklärten sie der verblüfften Familie, was sie zu diesem Besuch veranlasste. Heiko Meister wechselte ein wenig die Gesichtsfarbe und bemerkte: „Ich glaube, ich kann Ihnen trotzdem behilflich sein."

Jetzt war es an den Beamten, gespannte Mienen aufzusetzen.

„Zuvor habe ich eine Frage. Würden Sie mir vorher den Informanten nennen?"

„Nein, das dürfen wir nicht."

„Schade – doch zu Ihrer Aufklärung: Ich habe einen Bruder, der mir zum Verwechseln ähnlich sieht. Leider ist er ein Taugenichts. Nur, wo Sie den derzeit auftreiben können, kann ich Ihnen nicht sagen. Ich weiß es nicht. Den letzten Kontakt hatten wir vor zwei Jahren, da wohnte er irgendwo im Bergischen zur Untermiete."

Die Beamten entschuldigten sich und baten um Verständnis dafür, dass sie jedem Hinweis nachgehen müssten.

Auf halbem Weg zum Auto drehte sich einer der Beiden noch mal um: „Es gibt in der Nähe eine Kirmes mit einem Kinderkarussell, das würde Ihre Kinder bestimmt freuen!"

Heiko kratzte sich nachdenklich am Kopf und dachte ... was wollte er mir damit sagen?

Der Überfall

Egal, wo immer sie auftauchten, hieß es, da kommen die drei „W". Werner, Willi und Wolfgang. Ein eingeschworenes Team. Schon in der Schule standen sie in den Pausen zusammen und die Anderen tuschelten: „Seht mal, da stehen die Unzertrennlichen wieder beieinander. Was die wohl jetzt wieder aushecken?"

Es konnte durchaus sein, dass zum Beispiel sich auf dem Pult des Lehrers ein paar Regenwürmer schlängelten, wenn er aus der Pause zurückkam. Alle Kinder schauten angestrengt in ihre Hefte vor sich. Es traute sich auch niemand, sich umzudrehen und einen der drei „W" anzusehen. Dann gab es bei nächster Gelegenheit Ärger.

Eigenartigerweise blieb auch der Platz vor der Eingangstür immer frei, nachdem aus dem Fenster im ersten Stock eine mit Wasser gefüllte Tüte vor der Nase eines Lehrers – rein zufällig war es der Mathelehrer – auf dem Schulhof landete und platzte. Einmal wurden sogar die Eltern der Drei in die Schule zitiert, hatte man sie in der Pause beim Rauchen erwischt. Oder hatte vielleicht doch einer aus der Klasse gepetzt?

So, geschafft! Es gab Abschlusszeugnisse. Die Paukerei hatte sich gelohnt, alle Drei bekamen ein gutes bis zufrieden stellendes Zeugnis. Bis auf die Rubrik: *Betragen*. Da stand bei allen „W's" eine drei minus. Nun gut, damit konnten sie leben, um nicht zu sagen, es war ihnen völlig egal. Sie fanden ohne Probleme eine Lehrstelle. Den Eltern der Jungen wäre es mehr als recht gewesen, wenn ihre Sprösslinge eine weiterführende Schule besucht hätten, doch diese entschieden sich für handfeste Arbeit. Nach Feierabend wurde das gemeinsame Bierchen oder der Besuch eines Fußballspiels des heimischen Vereins, zur feststehenden Gewohnheit und hielt die Drei zusammen.

Später, es muss wohl an einer Gedächtnislücke gelegen haben, kamen sie auf die Idee, sich beim Ortsverein anzumelden. Sie wurden rundheraus abgelehnt. Sowohl der Ortsverein als auch die Spieler entschieden sich gegen eine Aufnahme. Eilte ihnen ihr Ruf voraus? Im Gedächtnis der Drei waren sie doch die Unschuld in Person...

An diesem Abend, in der Dorfkneipe, bei einem, vermutlich eher mehren Bieren, wurde die Idee geboren. In den folgenden Tagen besorgten sie sich bestimmte Materialien und deponierten sie bei Willis Eltern in der Scheune.

Das Wochenende nahte und der Trainer startete einen Rundruf, dass seine Schützlinge sich zu einem Sondertraining einzufinden hätten. Der Fußballplatz lag am Dorfrand und war nicht gleich zu sehen. Viele Büsche und Bäume verdeckten die Sicht. Als erster trafen der Trainer sowie drei der elf Spieler ein und glaubten an Halluzinationen zu leiden. Beide Tore waren mit Brettern zugenagelt! Nun wurde diskutiert, wer diese *Schweinerei* bewerkstelligt hätte. Der Verdacht fiel natürlich auf die „Drei" – doch nachweisen konnte man ihnen nichts.

*

Die Jahre gingen ins Land. Werner, Willi und Wolfgang beendeten ihre Ausbildung, wurden aber nicht übernommen. Der Frust war entsprechend groß. Wo sollte denn nun das Geld für einen Kneipen- oder Kinobesuch herkommen? Mit der Freundin ausgehen? Ganz zu schweigen von einem Urlaub.

So saßen sie eines Tages schon morgens in der Kneipe und ein Bier nach dem Anderen rann die Kehle hinunter. Die große Frage, wie kommen wir an Geld, beschäftigte alle gleichermaßen. Von den Eltern hatten sie nichts zu erwarten, der Tenor hieß: ihr werdet verpflegt und dürft wohnen. Das war's.

Wie sagt der Volksmund: Ohne Fleiß kein Preis.

Der Frust blieb, doch die Lage besserte nicht. Am nächsten Samstag trafen sich die drei *Freunde* wieder zum Frühschoppen. Kneipenbesuche, waren das Einzige, was sie im Grunde noch verband. Nach zwei Runden Bier rief Wolfgang den Wirt: „Wir möchten bezahlen."

Der Wirt kam an den Tisch und wunderte sich gewaltig: „Seid Ihr krank, dass Ihr nach zwei Bier schon nach Hause geht?"

Kurze Antwort der Drei: „Geld ist alle."

Auf dem Heimweg blieb Werner plötzlich stehen. „Kannst du nicht mehr laufen?", fragten die Anderen.

„Doch, na klar, aber ich habe nachgedacht und eine Idee."

„Dann lass mal was hören", kam es von den Beiden wie aus einem Mund.

„Also", begann er. „Wie Ihr wisst, trage ich morgens immer Zeitungen aus. Da komme ich in der Stadt, etwas außerhalb, am Stadion vorbei. An dem Kiosk ist immer was los, und … außerdem kennt uns da keiner."

„Ja – und?", fragten Willi und Wolfgang zurück.

„Na ja, da ist ein nur ein Mann hinter der Theke und gegen Mittag hat der bestimmt schon eine Menge in der Kasse. Da könnten wir zu dritt mal *fragen*, ob er uns was abgibt…"

„Du spinnst doch wohl!", antworteten die Beiden anderen. „Willst du kriminell werden?"

„Das ist wirklich gefahrlos. Wir setzen uns kurz vorher jeder eine Maske auf, so erkennt man uns nicht. Und wenn der jemanden zu Hilfe ruft, sind wir längst wieder weg. Wenn wir mit dem Geld sorgfältig umgehen, merkt auch niemand etwas. Überlegt es Euch. Am besten nach dem Heimspiel am Samstag. Der Sonntagmorgen wäre günstig; es ist Wochenende und der Inhaber kann nicht zur Bank."

Nach dieser Eröffnung trennten sie sich und gingen ihrer Wege.

Tatsächlich marschierten die Drei am Sonntagvormittag Richtung Stadt. An besagtem Kiosk angekommen, setzten sie sich die Masken auf und betraten das Geschäft. Der Inhaber kam hinter seiner Theke hervor und fragte: „Was wollt Ihr von mir?"

„Mach deine Kasse auf, alter Knabe."

„Da ist nix drin, außer Wechselgeld", antwortete er. „Kommt gegen Abend noch mal vorbei, dann gebe ich Euch etwas; jetzt lohnt es sich nicht."

Ein Blick in die Kasse überzeugte die Drei – die Einnahmen vom Vortag lagen gut verstaut daheim im Safe, bis er Montag zur Bank gehen konnte.

Tatsächlich trollten die Drei sich und wollten am Abend noch einmal zurückkommen.

Es war kurz vor achtzehn Uhr als das Trio tatsächlich wieder auftauchte und Geld verlangte. Der Inhaber wich hinter seinen Tresen zurück und in dem Moment tauchten von dort unten zwei Polizei beamte auf. Blitzartig drehten die Drei ab und wollten zur Tür hinaus. Doch welche Überraschung: auch da stand die Polizei!

Nach Aufnahme der Personalien durften die Drei gehen. Mit einer Strafe wegen versuchten Raubes mussten sie allerdings rechnen. Der Kioskbesitzer und die Polizisten lachten sich kaputt über soviel Dusseligkeit. Werner, Willi und Wolfgang kamen mit der Ableistung einiger Sozialstunden davon. Es war ja nichts weiter passiert.
Die Eltern der Halbwüchsigen waren begeistert, jetzt mussten sich die Jugendlichen tatsächlich Arbeit besorgen. Es war ein Schuss vor den Bug – wie man so sagt.
Vielleicht würde ja doch noch etwas *Anständiges* aus ihnen.

Der ungewöhnliche Heimweg

Mensch, das war wieder ein anstrengender Tag heute! Nun ist es schon nach neunzehn Uhr und die Kollegen sind bereits alle gegangen. Nur Ursula musste mal wieder das Licht ausmachen.
Jetzt arbeitete sie schon über zwanzig Jahre in der Firma, war langsam die Erfolgsleiter hoch geklettert und bis zur Chefsekretärin aufgestiegen. Das waren noch Zeiten, als sie pünktlich Feierabend machen und sich am Abend mit Freunden treffen konnte.
Seit zwei Jahren hatte jedoch der Junior Brock das Regiment in der Firma übernommen; *jung und dynamisch*, wie man so schön sagt! Gut dabei war, Ursulas Arbeitsplatz war nicht gefährdet. Sie war, trotz ihrer siebenunddreißig Jahre, noch allein stehend und es wartete auch keiner zu Hause. Kein Hund, keine Katze. Ihr Typ war

der Junior auch nicht, obwohl er das zeitweilig anders sah. Ursula wusste sich aber durchaus zu wehren.

Auch heute hatte er es wieder einmal versucht und sie zum Essen eingeladen. Ursulas Weg Heimweg war bisher immer ein gutes Argument; immerhin hatte sie noch siebzig Kilometer weit zu fahren. Sie konnte dieses Angebot also dankend ablehnen, ohne sich eventuell weitere Sympathien zu verscherzen.

Sie drehte sich im Büro noch einmal um die eigene Achse: alles aufgeräumt, sowohl Fenster als auch Tresor verschlossen. Prima. Licht aus und mit dem Schlüssel von außen zugesperrt. Als sie das Gebäude verließ dachte sie, *Mensch – es ist ja schon dunkel. Nun gut, es ist schon spät und im Herbst sind die Tage eben halt kürzer.* Es war so richtig useliges Wetter und Ursula stellte den Mantelkragen hoch, gab den Schlüssel beim Pförtner ab und marschierte zum Parkplatz.

Vor kurzem erst hatte sie sich ihren Traum erfüllt und einen niedlichen kleinen Flitzer geleistet. So richtig schön gelb. Somit gab es keine Schwierigkeiten, das Auto auch bei einsetzender Dunkelheit noch zu finden.

Sie steckte den Schlüssel ins Türschloss, doch was war das? Erst nach dem dritten Versuch ließ sich der Schlüssel im Schloss bewegen und die Tür öffnen. Sie zog ihren Mantel aus, zündete sich eine Zigarette an und startete das Fahrzeug. Ein Tritt auf das Gaspedal und ab ging es in Richtung Heimat. Eigentlich wollte sie in dem neuen Auto ja nicht mehr rauchen, aber ... der Wille ist stark, doch das Fleisch leider immer wieder schwach. Sie schalt sich einmal mehr wegen ihrer so genannten Charakterstärke beziehungsweise eben dieser -schwäche!

Nach einer viertel Stunde verließ sie die Stadt und bog auf die gut ausgebaute Landstraße Richtung Norden ein. Sie hatte die Zigarette genossen und pfiff zu dem flotten Musikprogramm ihres Lieblingssenders vor sich hin. Diese Route fuhr sie nun schon zwanzig Jahre und sie war ihr in Fleisch und Blut übergegangen. Eigentlich, so dachte sie, müsste sogar das neue Auto den Weg inzwischen allein finden. So etwas wie genetisch überliefert!

Die Zigarette war längst aufgeraucht, der Straßenverkehr hielt sich in Grenzen, als im Radio eine Warnung an alle Autofahrer durchgegeben wurde. Auf irgendeiner Brücke sollten wieder so ein paar Chaoten stehen und Steine auf die Fahrbahn werfen. *Was hatten die gerade gesagt? War das auf ihrer Straße?* Ursula hatte nicht richtig hingehört, doch vorsichtshalber wollte sie ein wachsames Auge auf ihre Umgebung haben. Sie hatte noch nicht ganz zu Ende gedacht; tatsächlich! Auf der Überführung, keine hundert Meter weiter, sah sie dunkle Punkte im Scheinwerferlicht. Da die Straße aber eine leichte Linkskurve machte, bemerkte sie es erst im letzten Augenblick. Jetzt war sie kurz davor: *Mein Gott, die werfen ja wirklich Steine!*
Das Steuer nach rechts, der Tritt auf die Bremse war schon fast eine Reflexreaktion. Oh je, was war das? Die Bremse zeigte keinen Widerstand und der Baum am Straßenrand kam immer näher. Sie versuchte noch einmal das Lenkrad nach links zu drehen, doch da gab es schon ein knirschendes Geräusch und ihr Auto landete im Graben. Nach ein paar Minuten hatte sie den ersten Schock überwunden. Das Auto befand sich in einer unangenehmen Schieflage, so dass sie Mühe hatte, die Fahrertür aufzumachen um heraus zu klettern. Sehen konnte sie nicht mehr viel, die Scheinwerfer funktionierten zwar noch, beleuchteten mit ihrem Schein aber das weite Land. Sie tastete sich ab und stellte fest: alle Knochen waren heil geblieben. Glücklicherweise hatte Ursula ihr Handy dabei und

konnte so die Polizei über die Notrufnummer informieren. Zitternd machte sie sich eine neue Zigarette an, lehnte sich an ihr schönes, neues Auto und wartete. Fast zwanzig Minuten waren vergangen, ehe sie in der Ferne das herannahende Blaulicht sah. Der Beamte in der Zentrale hatte sie nämlich gefragt, ob Personen zu Schaden gekommen seien. Ursula hatte dies verneint. Demzufolge ließ man sich Zeit. Dafür kam fast gleichzeitig ein Abschleppwagen an. Woher die das wohl gewusst hatten?

Im Streifenwagen saßen sowohl eine Beamtin als auch ein männlicher Begleiter; sie stiegen aus und sicherten zunächst die Unfallstelle.
„Ja, junge Frau, nun sagen sie mal, wie das passieren konnte", fragte der Beamte in einem leicht überheblichen Tonfall…
Ursula erzählte den Hergang mit den Steinewerfern. Die Beamtin hatte in der Zeit unter anderem ein paar Schritte rückwärts getan. „Sonderbar", meinte sie zu ihrem Kollegen, „auf der Straße sind keinerlei Bremsspuren."
Jetzt meldete sich Ursula noch einmal zu Wort. „Mir fällt gerade ein: ich wollte bremsen, habe auch gebremst, doch die Bremse hat nicht reagiert!!!"
Die beiden Polizisten sahen sich an; zu Ursula gewandt meinten sie: „Das werden wir morgen schnell feststellen. Ihren Wagen werden wir in unsere Werkstatt schleppen und von einem Sachverständigen auf Herz und Nieren prüfen lassen."
Der Abschleppwagen nahm Ursulas Auto Huckepack und brauste davon. Die Beamten luden Ursula zu sich in den Streifenwagen, (sie saß zum ersten Mal in einem Polizeifahrzeug) und brachten sie freundlicherweise nach Hause. Polizei, Dein Freund und Helfer!

Daheim angekommen ging Ursula erst einmal unter die Dusche, dann hockte sie sich im Schlafanzug, mit einer neuen (!) Zigarette, einem Glas Rotwein in ihren Lieblingssessel und ließ das Geschehene Revue passieren. *Wieso hat nur die Bremse nicht funktioniert? Und wie komme ich morgen zur Arbeit? Und dann der Schaden am Auto. Zum Glück bin ich Vollkasko versichert und über die einhundertfünfzig Euro Selbstbeteiligung werde ich auch hinweg kommen!*

Hunger verspürte Ursula heute wirklich nicht mehr; sie ging früh zu Bett, musste sie doch auch zeitig wieder raus, um mit dem Bus zur Arbeit zu kommen.

Es wurde eine unruhige Nacht; immer wieder tauchte der Unfall im Traum auf und als um sechs Uhr in der Früh der Wecker bimmelte war sie wie gerädert. Gott sei Dank ist heute Freitag, dachte Ursula dann auf dem Weg ins Büro, da brauche ich nur bis vierzehn Uhr zu arbeiten,

Trotz des frühen Aufstehens kam sie an diesem Morgen zehn Minuten später ins Büro. Ihre Kollegin Andrea schaute auch demonstrativ auf die Uhr als wollte sie sagen, das müsse unbedingt im Kalender vermerkt werden: *Du und zu spät kommen!*

Ursula erzählte, was ihr am Abend zuvor auf dem Heimweg passiert war und Andrea blieb der Mund offen. „Wie war das möglich, mit der Bremse", fragte sie ungläubig.

Ursula meinte, dass sie das schnellstens erfahren würde; die Polizei habe ihr versprochen, sie sofort zu informieren, sobald das Auto untersucht sei. Andrea bemerkte, wie Ursulas Gesicht plötzlich ein wenig ernster wurde als es an diesem Morgen ohnehin schon war. „Was ist los, Ursula"?

„Du", sagte sie, „mir fällt gerade noch etwas ein, was ich auch der Polizei noch nicht erzählt habe."

Schnell griff sie zum Telefonhörer, wählte und fragte, ob einer der Beamten da sei, die am Abend zuvor Dienst gehabt und ihren Unfall aufgenommen hätten. „Meine liebe Frau", tönte es aus dem Hörer: „auch Beamte müssen einmal schlafen!!! Doch ich kenne den Vorgang. Wenn Sie also noch etwas dazu zu berichten haben, sagen Sie es mir – ich werde es dann weitergeben."

Daraufhin erzählte Ursula ihm, was ihr am gestrigen Abend beim Aufschließen ihres Autos aufgefallen war. „Der Schlüssel ließ sich erst nach dem dritten Versuch richtig bewegen. Das heißt, ich habe erst beim dritten Mal Schließen die Autotür aufbekommen. Irgendetwas hat da geklemmt."

Der Beamte bedankte sich und versprach, es zu den Akten zu nehmen. Zum Schluss wünschte er ihr ein „schönes Wochenende!"

Schönes Wochenende! Na ja ... verzog Ursula das Gesicht; als erstes wollte sie sich einmal einen Leihwagen besorgen. Auf dem Land zu leben ist schön, doch die Infrastruktur ließ in manchen Dingen zu wünschen übrig.

Das Wochenende ging schnell vorüber; in ihrer Heimatgemeinde war Schützenfest und das durfte man als Einheimische nicht verpassen. Damit rückte das Geschehen für kurze Zeit in den Hintergrund.

Montagmorgen – Ursula war wieder pünktlich im Büro und blickte erstaunt auf als Sie vom Seniorchef begrüßt wurde.

„Nanu, was ist passiert? Haben Sie keine Ruhe zu Hause?"

Mit ernster Miene sagte der alte Brock: „Mein Sohn musste dringend ins Ausland reisen. Ein etwas größerer Auftrag sollte unter Dach und Fach gebracht werden!"

Ursula überlegte, ob sie vielleicht in der Hektik der letzten Tage etwas vergessen haben könnte, sagte aber nichts. Als der Chef wieder draußen war, prüfte sie die Unterlagen der letzten Tage, konnte aber nichts finden, was diese plötzliche Reise rechtfertigte.

Gegen elf Uhr kam für Ursula endlich der ersehnte Anruf. Doch welche Überraschung ... nicht der schon bekannte Polizeimeister Schmitt meldete sich, sondern ein Kriminalrat Maus. Der vergewisserte sich zunächst einmal, ob wirklich die richtige Ursula am Telefon war. Bei dem, was er ihr dann erzählte, blieb ihr dann die Spucke weg! Herr Maus verklickerte ihr in ganz ruhigem Ton:

„Ihre Bremse konnte auch nicht mehr funktionieren, der Bremsschlauch war angeschnitten. Von Öldruck keine Spur mehr. Haben Sie Feinde, Frau Ursula?"

„Feinde? Nein, ich kann es nicht verstehen; schon gar nicht, dass mir jemand nach dem Leben trachtet."

Herr Maus sagte noch etwas von „wir werden die Sache weiter verfolgen. Sie hören von uns ..." dann legte er auf.

Mit einem mulmigen Gefühl legte auch Ursula den Telefonhörer aus der Hand. Die Konzentration für diesen Arbeitstag war dahin; sie überlegte unentwegt, wer ihr so etwas antun könnte, kam aber zu keinem konkreten Resultat.

In den folgenden vierzehn Tagen ging alles den gewohnten Gang, sogar der Juniorchef war wieder im Haus, allerdings ohne den angekündigten Großauftrag. Zum Ende des Monats flatterte ein Kündigungsschreiben auf Ursulas Schreibtisch. Ein noch junger Mann, Herbert Wastl, hatte gekündigt. Aus persönlichen Gründen, wie es hieß. Er war aus dem süddeutschen Raum und in der Firma als Elektriker angestellt.

Viele Monate später, Ursulas Wagen war längst repariert und die Polizei hatte den Fall unerledigt zu den Akten legen müssen, bekam Ursula eine Ansichtskarte ins Büro geschickt. Ein schönes Bergdorf in Tirol und als Absender nur der Name: H. Wastl.
Lag da der Grund für das Versagen meiner Bremsen?
„Ich fand, er war doch so ein netter, junger Mann!"

Ausflug aufs Land

Einmal im Monat fahren Judith und Peter ins Emsland; dort wohnt seit Jahren Judiths Mutter. Erst im Eigenheim, später, als sie älter wurde, nahm sie sich eine Bleibe in einer betreuten Wohneinrichtung. Nun war es wieder soweit, doch nicht nur für ein Wochenende, sondern eine ganze Woche. Die Betreuerin hatte Urlaub und ohne Aufsicht ging es nicht mehr. Mittlerweile zählt sie stolze fünfundneunzig Jahre. So trafen Judith und Peter entsprechende Vorbereitungen. In einer Kühltasche verschwanden zwölf portionierte Mahlzeiten, damit die alte Dame auch nach der Heimfahrt ihrer Kinder noch für ein paar Tage Vorrat hätte. Ein kleiner Koffer mit allem Notwendigen wurde gepackt, das Auto voll getankt und die Nachbarn gebeten, nach der Wohnung und den Blumen, sowie dem Briefkasten, zu schauen.
In der Frühe, um sieben Uhr, nach dem Frühstück und einer letzten Inspektion der Wohnung, ob alles abgeschlossen, aufgeräumt, usw. war, setzten sie sich ins Auto und los ging es zur Autobahnauffahrt Opladen. Über Bottrop – Oberhausen – Rheine – Lingen fuhren sie in Lathen von der Autobahn. Jetzt waren es nur noch eine kurze Wegstrecke bis zum Zielort Sögel, den sie nach etwas mehr als

zweihundertfünfzig Kilometern erreichten. Im Hotel nahmen sie den Zimmerschlüssel in Empfang; bei Muttern bestand keine Übernachtungsmöglichkeit. Nach einem freudigen Empfang verstauten sie zunächst die *Fressalien* im Eisfach. Gegen Mittag gingen alle drei um die Ecke in ein kleines Lokal zum Mittagessen. Danach ruhte Mutter sich erst einmal aus. Judith und Peter vertraten sich die Beine.

Eine Kunstausstellung im Park des Schlosses Clemenswerth zog sie magisch an. Kunst – das war vor allem etwas für Judith. Für sechs €uro pro Person waren sie dabei. Den Nachmittag verbrachten sie wieder gemeinsam mit Erzählen, Kaffee trinken, sowie Bastelarbeiten. Judith richtete das Abendessen, wobei sie der Mutter Gesellschaft leisteten. Danach sagten beide gute Nacht und verschwanden Richtung Hotel am Ort. Peter überredete seine Judith zu einem *Nachtrunk* im Bereich der Außengastronomie vor dem Hotel. Ein toller Gedanke, der sich auszahlte, denn … der Künstler – Bildhauer – Hans-Günther Obermaier aus Köln setzte sich zu den Beiden und es entspann sich eine interessante Unterhaltung über Kunst, Gott und die Welt. Der Gutenachttrunk zog sich in die Länge. Schön war's allemal. Sie verabredeten sich sogar zum gemeinsamen Frühstück, wohnte Herr Obermaier doch im gleichen Hotel.

Am nächsten Morgen läuteten um Punkt sieben Uhr die Kirchenglocken und warfen Judith und Peter aus dem Bett. Das sollte in den kommenden Tagen zur Regel werden. Am heutigen Morgen gesellte sich – wie erwähnt – ihre abendliche Bekanntschaft, wie verabredet, um acht Uhr zum Frühstück zu ihnen und somit zog sich auch dieses etwas unüblich in die Länge.

In den nächsten Tagen kümmerten sich Judith und Peter um das leibliche Wohl, machten mit Mutter einen kleinen Ausflug in die

Eisdiele, kauften Ansichtskarten für Bekannte und Daheimgebliebene.
Wäre auch zu erwähnen (!), dass es tatsächlich einmal regnete ... doch der Sommer war heiß und es müsste schon tagelang durchregnen, um die Trockenheit zu besiegen.

Im Nu war die Woche um und es hieß Abschied nehmen; mit einem lachenden (für die schönen Tage) und einem weinenden Auge (Mutter ist wieder allein) verabschiedeten sich die Kinder, stiegen ins Auto und fuhren Richtung Heimat. Nach guter Fahrt kamen Judith und Peter heil zu Hause an, meldeten sich bei den Nachbarn mit einem Dankeschön zurück. Der Alltag hatte sie wieder.
Bis zum nächsten Mal!

In Bayern unterwegs

„Heute wandern wir auf die Hutzenalm" sagte Xaver zu seiner Frau. Da schönes Wetter und der Weg nicht ganz so steil war, erklärte Silke sich einverstanden. Nach dem Frühstück machten sie sich startklar. Die Sonne meinte es bereits gut mit ihnen. Den Wanderweg querten auch Rindviecher und denen war es egal, wo sie ihr *Geschäft* erledigten. Sollten die Touristen doch aufpassen!
Mitten auf dem Weg lag ein dicker frischer Haufen und Myriaden von Fliegen hatten sich darauf niedergelassen. Xaver und Silke machten einen großen Bogen und wanderten weiter. In der Berghütte kehrten sie ein und da es schon ein bisschen später geworden war, entschlossen sie sich, den gleichen Weg zurück zu gehen. Als sie an der Stelle vorbei kamen, wo der Haufen lag, waren keine

Fliegen weit und breit zu sehen. .Silke meinte dazu: „Guck mal –
nix mehr!"
Xaver antwortete mit trockenstem Gesicht: „Ist doch klar, Schatz,
du willst doch auch kein kaltes Essen!"
Xaver hatte Glück, Silke hatte nichts zum Werfen in der Hand …

Hühnergespräch

Zwei Hühner treffen sich am Gartenzaun,
sagt das eine Huhn zum anderen:
„Du siehst seit einiger Zeit so mager aus …"
Erwidert das Andere: „Dafür lebe ich aber länger!"

Vier Tage Brackenheim ... und wie es dazu kam

Preisrätsel aller Art – das war ihrer Beider Hobby. Ob Sachpreise, Reisen oder Sonstiges. In erster Linie wollten sie natürlich etwas gewinnen und zum Zweiten blieb das Gehirn in Bewegung, ganz wichtig. Das war die Hauptsache.

Irgendwann war es wieder einmal soweit. Zum dritten Mal gewannen Friedel und Bastian Eintrittskarten für den Freizeitpark *Tripsdrill*. Vor langer Zeit besuchten sie diesen Park schon einmal; beim zweiten Gewinn verschenkten sie die Karten und dieses Mal nahmen sie die Gelegenheit wieder wahr. Der erste Mai bot sich als Anreise- und der vierte Mai als Rückreisetag an. An einem Wochentag wollten sie die Autofahrt nicht auf sich nehmen, allein schon wegen der endlosen LKW-Schlangen. Das Hotel wurde per E-Mail gebucht und als es an der Zeit war, alle Vorbereitungen getroffen, Nachbarn sowie Vermieter benachrichtigt und die Pflanzen ausreichend mit Wasser versorgt waren, ging es mit einem voll getankten Auto über die A3 in Richtung *Ländle*.

Wie erhofft, war an diesem Tag wenig Verkehr. Teilweise behinderte Nebel die Fahrt etwas, doch nach knapp vier Stunden und dreihundertneunundzwanzig Kilometern erreichten sie das Hotel *Adler* in Botenheim, einem Stadtteil von Brackenheim. Auf dem angrenzenden, hoteleigenen Parkplatz stellten sie das Auto ab und wollten sich im Hotel melden. Der Vordereingang war geschlossen, doch ein zufällig vorbei kommender Hausangestellter zeigte ihnen den Weg durch den Torbogen. Friedel und Bastian wurden nett begrüßt, checkten ein und bekamen ein Zimmer in der ersten Etage. Die entsprechende Info für Frühstücks- und Abendessenszeiten gab es gratis dazu. Danach holten sie das Gepäck aus dem Auto, erfrischten sich und gingen auf eine erste Erkundungstour durch den Ort. Auf dem zentralen Platz war wohl die gesamte Einwohnerschaft von Botenheim versammelt und feierten den ersten Mai mit einem Dorffest. Der Ort war (sehr) übersichtlich, verlaufen konnte man sich nicht. Zum Abendessen nahmen die Beiden an dem für sie reservierten Tisch Platz und ließen sich überraschen. Nach einem reichlichen und äußerst schmackhaften Essen hatten sie für den ersten Tag die notwendige Bettschwere. Die an der Außenwand angebrachte Hotelreklame leuchtete auch nachts das Zimmer so aus, dass sie keine Probleme hatten, wenn denn doch mal einer raus musste. Licht einschalten war nicht nötig und das hatte den Vorteil, dass der Andere weiterschlafen konnte …

Gut ausgeschlafen wurde die Morgentoilette erledigt und anschließend ausgiebig gefrühstückt. Dann hieß das Tagesziel: Tripsdrill.

Das Wetter spielte mit – trocken und Sonnenschein. Die knapp sieben Kilometer wurden im Handumdrehen bewältigt und sie waren mit bei den Ersten, die am Eingang darauf warteten, dass der Park geöffnet wurde. Bei einem ausgiebigen Rundgang bestaunten und benutzten Friedel und Bastian auch einige Fahrgeschäfte, wobei sie sich in der Handhabung eines Personentransportbandes heftig verschätzten. Anzumerken sei zwischendrin noch, dass jegliche Nutzung der Gerätschaften im Eintrittspreis enthalten sind.

Während einer Kaffeepause im Freien landete ein paar Meter wieter ein Storch und stolzierte durch die Tischreihen. Er war wohl an Menschen gewöhnt – obwohl es keine Frösche zu futtern gab.

Von ihrem Platz aus, sahen sie auf die Achterbahn und hörten die Mitfahrer bei jedem Looping kreischen. Bastian hätte das gerne mal probiert, aber Friedel lehnte diese Eskapade rigoros ab. Diese Tour wollte sie ihrem Kreislauf keinesfalls zumuten. Allein bei dem Gedanken, dass das Frühstück noch nicht ganz verdaut sein könnte …

Ein erlebnisreicher Tag ging mit einem üppigen und schmackhaften Abendessen zu Ende. Schön war's, es hatte sich gelohnt.

An ihrem letzten Aufenthaltstag beschlossen die Beiden, eine kleine Erkundungsfahrt durchs ‚Ländle' zu machen, wie man hier sagt. Ein Besuch in Brackenheim, der Theodor-Heuss-Stadt, Bietigheim und Bönnigheim. Die letzte Station war dann Güglingen. Rund herum ist viel Landwirtschaft und Weinanbau. In allen Orten, die oft aussahen, wie von der Welt vergessen, fiel auf, dass es eine Menge alter Häuser gab, die dringend eine Aufhübschung benötigt hätten. Ansonsten konnte man nichts Aufregendes verzeichnen. Selbst in Botenheim, ihrem Standort (!), gab es lediglich einen Bäcker, der aber nur bis mittags geöffnet hatte und einen Metzger. Der Edeka, mit einer Filiale in der Nebenstraße sah reichlich geschlossen aus. Für Einkäufe musste man schon bis Brackenheim fahren. Viel mehr gab es dort auch nicht, aber Bietigheim. Dort gab es nämlich tatsächlich einen Buchhandel! Und dieser war wichtig, besonders für die Abende…
Wie inzwischen gewohnt, gab es ein üppiges, leckeres Abendessen und dann ging es aufs Zimmer. Gegen zweiundzwanzig Uhr war Bettruhe angesagt.
Am nächsten Morgen, nach der üblichen Toilette, packten Bastian und Friedel ihre Habseligkeiten zusammen und gingen ein letztes Mal frühstücken. Danach beglich Friedel die Rechnung; beide bedankten sich noch einmal für den tollen Service, gingen mit dem wenigen Gepäck zum Parkplatz, luden ein und düsten ab in Richtung Heimat.
Es waren schöne und erlebnisreiche Tage – bei den Freunden gab es eine Menge zu erzählen.

Hätten wir doch gleich ein Taxi genommen...

Die Buchmesse in Frankfurt war angesagt. Ortskenntnis der Stadt: keine!

Demzufolge besser mit der Deutschen Bahn als mit dem eigenen Auto. Keine Ortskenntnis ist schon so eine Sache, keine Kenntnis darüber, wo man vielleicht parken kann... Oh weh!

Erika und Richard waren zwei Schreiberlinge, die von der Frankfurter Messe magisch angezogen wurden.

Ihre Wohnung lag gerade mal zehn Minuten zu Fuß vom Bahnhof Opladen entfernt und sie erkundigten sich zunächst nach den Abfahrtzeiten der Deutschen Bahn:

Opladen → Frankfurt.

07:22 Uhr hieß es, um 07:38 in Köln, also noch sieben Minuten Zeit, um den IC nach Frankfurt zu erreichen.

Reicht dicke!!!

Hätte dicke gereicht, wenn nicht genau um 07:22 Uhr der Bahnhofslautsprecher verkündet hätte: dieser Zug hat zwanzig Minuten Verspätung.

Sie warteten nun schon eine ganze Weile und bekamen inzwischen kalte Füße. Obendrein waren sie stocksauer. Diese Ansage sollte man wenigstens einige Zeit vorher schalten und nicht genau in dem Moment, an dem der Zug eigentlich schon wieder hätte abfahren müssen. Was nun?

Schnell geschaltet, raus aus dem Bahnhof..."Hallo Taxi!"

Eine Taxe – wirklich nur eine (!) – stand vor dem Bahnhofsgebäude und sie beeilten sich, dem Fahrer ihre Situation zu schildern. Dem äußeren Erscheinungsbild nach zu urteilen, war der Chauffeur, der im reinsten Kölner Dialekt antwortete, türkischer Landsmann: „Also schwad nidde so vill und stecht in! (Für Nichtkölner: Also, nun red nicht so lange sondern steige ein!)

Los ging die Fahrt.

Was soll man sagen? Fahrt? Nur fliegen war schöner!

Unter Nichtbeachtung sämtlicher Verkehrsregeln preschte er über Leverkusen und Mülheim zum Kölner Hauptbahnhof.

Zwischendurch sah er wohl im Rückspiegel Erikas und Richards nervöse Blicke auf die Armbanduhr und meinte grinsend: „Dat schaffe mer schon!" (Das schaffen wir schon.)

Und tatsächlich, gehalten wurde nur im äußersten Notfall, wenn eine rote Ampel ihn insofern dazu zwang, als dass er nicht sehen konnte, ob vielleicht doch jemand aus einer Querstraße kam. Tachometer wurde sowieso ignoriert.

Sieben Minuten vor Abfahrt ihres IC nach Frankfurt standen die Beiden vor dem Kölner Hauptbahnhof. In aller Eile wurde der vereinbarte Preis bezahlt und dem Fahrer ein dickes Trinkgeld in die Hand gedrückt; er hatte ihnen sogar in Windeseile noch eine Quittung ausgestellt.

Im Losrennen nochmals: „Danke und wir werden Sie ganz bestimmt weiter empfehlen!"

Rauf auf den Bahnsteig und in dem Moment hörten sie die Durchsage: Der für das Gleis zwei vorgesehene IC zur Weiterfahrt nach Frankfurt läuft in wenigen Minuten auf Gleis *fünf* ein...!!!

Oh Mann – Taxi ist wirklich besser!

Übrigens: die Taxikosten wurden ihnen von der Deutschen Bahn erstattet, das Trinkgeld leider nicht.

Aber er war es allemal wert – ihr Taxifahrer.

Einmal Heide und zurück

Sie hatten eine Auszeit dringend nötig und, wie immer, flüchteten sie in die Lüneburger Heide. Doch zuvor fuhren Ruth und Jürgen ins Emsland ihre Mutter besuchen. Zuhause waren bereits alle Vorkehrungen getroffen; die Nachbarn informiert und gebeten, ein Auge auf Wohnung und Briefkasten zu haben. Der Wagen wurde am Vortag betankt und das größte Gepäck eingeladen. Am nächsten Morgen sollte es in aller Frühe losgehen. Wie immer, vor *großen* Ereignissen, schliefen beide schlecht; ein kurzes Frühstück, den Rest verladen und dann los. Nach etwas über zweihundertfünfzig Kilometern kamen sie bei ihrer Mutter an und verbrachten den Tag gemeinsam. Ruth und Jürgen bezogen abends das im Voraus gebuchte Hotelzimmer, denn am nächsten Tag sollte es weitergehen. Nach einem ausgiebigen Frühstück besuchten beide noch mal Muttern, dann begann die Fahrt Richtung Heide.
Die ersten sechzig Kilometer ging es über Landstraßen, dann fuhren sie auf die A7 mit Fahrtrichtung Hamburg bis Tostedt. Danach bummelten sie gemächlich über verschiedene Landstraßen – Welle – Handeloh – bis zum Ziel Undeloh. Diesmal nahmen sie Quartier in der *Heiderose*. Höfliche Begrüßung, man kannte sich ja noch nicht, dann Schlüsselübergabe. Das Zimmer war ganz nett, aber die Beiden waren doch recht verwöhnt und meinten, die Bezeichnung *ganz nett* sei ausreichend. Wie üblich verstauten sie erst einmal die Sachen, dann ein erster Rundgang durch den Ort und im Hökerladen erstanden sie eine Reihe Ansichtskarten für die Daheimgebliebenen.
Zur Eingewöhnung gab es im Brunnencafé ein Stück Buchweizentorte und Kaffee, was Ruth zu der Bemerkung veranlasste: „Na, so sollte ich wohl besser nicht weitermachen."

Jürgen grinste; er kannte die Sorge seiner Frau, eventuell ein paar Gramm (!) zuzunehmen. Zur Beruhigung versprach er ihr auch einen Heidegeist.

So gestärkt machten sie sich auf eine erste kleine Wanderung, nachdem sie die normalen Straßenschuhe gegen Wanderstiefel ausgetauscht hatten. Sie entdeckten ein Kornfeld, auf dem noch eine Vielzahl Kornblumen zu sehen waren und schlossen daraus, dass hier offensichtlich wenig Pestizide gebraucht wurden. Nach eineinhalb Stunden, das war für den ersten Tag genug, gingen sie zurück und machten sich im Zimmer ans Kartenschreiben. Das Hotel verfügte über eine bekannt gute Küche und beide leisteten sich zum Abendessen einen Heidschnuckenbraten mit einem guten Rotwein. Der erste Tag in der Heide hatten nun seine Spuren hinterlassen und rechtschaffen müde verschwanden sie in der Falle.

Am nächsten Morgen zeigte der Blick aus dem Fenster, dass das Wetter nicht eben bilderbuchmäßig war. Nieselregen. Nun, beide waren wetterfest und abwaschbar. Dieses Geniesel sollte sie nicht von ihrer geplanten Tour nach Döhle abhalten. Auf dem Weg wanderte der Blick immer wieder über Heideblüten und blieben an zwei Reihern auf einer Wiese haften. Ruth schmunzelte und meinte: „Eigentlich kennen wir hier inzwischen jeden Grashalm mit Namen, seine Kinder und Enkel"

Jürgen musste daraufhin lachen: „Da hast du wohl Recht – immerhin kommen wir schon ein paar Jahre."

Gut gelaunt machten sie einige Fotos und erreichten nach eineinhalb Stunden das erste Etappenziel, Döhle. Das musste belohnt werden und Jürgen genehmigte sich ein Pilsner und einen Heidegeist. Ruth begnügte sich mit einem Tee und den Worten: „Wenn ich jetzt Heidegeist trinke, komme ich nicht mehr nach Hause ..."

Nach dieser *Stärkung* ging die Wanderung weiter über Wilsede nach Undeloh. Die Beiden waren sich einig: „Sechzehn Kilometer an einem Tag sind genug."
Nach einer ausgiebigen Toilette marschierten sie ins Restaurant zum Abendessen; ein kleiner Plausch mit der Wirtin – rauf ins Zimmer. Nix mehr groß lesen … nach den ersten Seiten fielen ihnen die Augen zu.

Wann wird man schon einmal von einem Kuckuck geweckt. In der Heide gibt es das öfter, so auch an diesem Morgen. Nach einem gemütlichen Frühstück schnüren sie wieder die Wanderschuhe und machen sich auf, Richtung Wilseder *Berg*. Stolze sechsundneunzig Meter hoch! Unterwegs beobachteten sie zwei Hasen, die auf einem Feld Nachlaufen spielten; zwei Radfahrer überholten sie – und sonst war keine Menschenseele unterwegs. Ruth atmete tief ein und meinte: „So hab' ich das gern, allein mit der Natur und der Ruhe; einer Ruhe, die man hören kann."
Jürgen schmunzelte. Er kannte seine Frau und wusste, Gesellschaft liebte sie nur sehr bedingt, der himmlische Frieden in der Heide war genau das, was sie immer wieder hierher zog.
Kurz vor dem Tagesziel begann es zu regnen, so dass Jürgen vorschlug, einen Unterstand anzusteuern und dort den Schauer abzuwarten. Es kam ein richtiger Guss vom Himmel, was Jürgen veranlasste zu murren: „Regentropfen zählen geht nun aber nicht mehr!"
Anschließend machten sie sich auf den Rückweg nach Undeloh und besichtigten, zum wievielten Male auch immer, die alte Dorfkapelle Sankt Magdalenen aus dem Jahre 1190, die noch vollständig aus Holz gebaut war. Diese kleine Kirche hatte in den 1980er Jahren eine Besonderheit erlebt. Les Humphries und Dunja Raiter heirateten dort und das ganze Dorf war dabei. Sie zündeten noch

eine Kerze an und begaben sich danach wieder einmal zum *Höker-laden*, um eine Zeitung und zwei Andenken zu erstehen. Auch nach soviel Jahren waren kleine Erinnerungsstücke noch angesagt. Natürlich unter anderem Heidehonig.

Am darauf folgenden Morgen erlebten sie beim Blick aus dem Fenster Sonnenschein, dafür schwieg der Kuckuck. Ob der keine Sonne mochte?
„Was machen wir heute?", fragte Ruth.
„Ich schlage vor, wir gehen zum Totengrund. Nach dem Frühstück nahmen sie den Weg nach Wilsede in Angriff, allerdings nicht auf dem so genannten Haupttrampelpfad. Da sie sich gut auskannten, wählten sie einen der Nebenwege und in der Nähe des Holzbergs sahen sie schon von weitem ein Meer blühender Heide. Die Luft war erfüllt vom Summen der Bienen und Ruth hatte wieder einmal zwei Gläser Heidehonig vor ihrem geistigen Auge.
Plötzlich blieb Jürgen stehen und bückte sich – Blaubeeren, oder wie man sie auch nannte: Heidelbeeren. Eine willkommene Zwischenmahlzeit, mit der sie sich den Heimweg nach Undeloh versüßten. Gut, dass sie es noch rechtzeitig zum Hotel schafften – es brach ein Gewitter los, das sie bis zum Abendessen begleitete. Danach, rechtschaffen müde, versuchten sie im Zimmer noch ein paar Seiten zu lesen und ließen den Tag ausklingen.

Wenn man sich so gut auskannte, wie Ruth und Jürgen, war es nicht immer leicht, ein neues Ziel zu finden. Sie überlegten beim Frühstück – wohin… und entschlossen sich, noch einmal nach Döhle zu gehen. Das Wetter spielte mit; trocken und Sonnenschein. Ein Hase sitzt mitten auf dem Weg. Als er die Wanderer sieht, verschwindet er hinter einem Wachholderstrauch. Ob er da wohl seine Sasse hat?

Nach zwei Stunden: Ziel erreicht. Eine ausgiebige Pause tut gut und Ruth gönnt sich tatsächlich ein Glas Wein, was Jürgen überrascht zur Kenntnis nimmt. Er begnügte sich mit einem Pilsener und dann ging es über Sudermühlen in Richtung Heimat.

„Schau mal!" Ruth zeigte auf den Weg. „Lauter kleine Frösche, gerade mal eineinhalb Zentimeter groß, hüpfen hier herum."

In Sudermühlen bestaunten sie einen Hotelneubau, der nicht in die Landschaft passte. Kopfschüttelnd dachten sie laut darüber nach, wer solche Bauten genehmigte. Aber es ging wohl nur um Geld – Geld – Geld!

Gegen ein halb zwei Uhr mittags waren sie wieder in Undeloh und belohnten sich ein weiteres Mal im Brunnencafé mit Kaffee und Buchweizentorte. Den Rest des Tages verbrachten sie mit lesen, rätseln, Abendessen und wieder ein bisschen lesen. Dann rief, nach dieser ausgiebigen Wanderung, die, wie immer um die sechzehn Kilometer lag, einfach nur noch das Bett.

Der letzte Tag brach an. Nach der üblichen Toilette und dem Frühstück, wurden noch einmal die Wanderschuhe geschnürt. Für diesen Tag hatten sie sich den Steingrund vorgenommen. Natürlich ließ sich die Hauptrichtung nicht ändern … Wilsede. Von da aus marschierten sie zum Steingrund, der ein wenig versteckt in einer Senke lag. Ein wunderschönes Stück zu gehen. Sie sahen die beiden Reiher auf einer Wiese wieder und in einem kleinen Teich quakten Frösche. Ein Eichhörnchen blickte neugierig herüber, doch ein Foto ließ es nicht zu und verschwand schnell hinter einem Baum. War wohl kamerascheu.

Auf einer Bank genossen Jürgen und Ruth noch einmal die herrliche Ruhe in der Heide. Abends bezahlten sie dann die Rechnung und packten schon einen Teil ihrer Sachen ein.

Die Abreise steht an und nach einem guten Frühstück machten sie sich auf den Weg Richtung Heimat, nicht ohne sich zu verabschieden und für die gute Betreuung zu bedanken.

Um ein halb neun morgens steigen sie ins Auto und fahren aus Undeloh heraus nach Egestorf um erst einmal zu tanken. Von dort auf die A7 Richtung Hannover. Auf der Höhe von Bispingen erwischt sie der erste Regen. Nach vierundneunzig Kilometern nehmen sie die Verbindungsautobahn über Langenhagen nach Dortmund und müssen dann über die ungeliebte A2 bis zum Kamener Kreuz.

Kräftige Schauer begleiten weiterhin die Fahrt – die Sicht ist teilweise miserabel. Trotz allem kommen beide heil zu Hause an. Als erstes wird ausgepackt, dann melden sie sich bei den Nachbarn zurück. Als Dankeschön gab es echten Heidehonig.

Es waren wieder einmal erholsame Wandertage in wunderbarer Landschaft. Sie würden es, da waren sich Ruth und Jürgen einig, bald noch einmal wiederholen.

Ein Wochenende in Bad Münstereifel
oder im Mittelalter war alles kuschelig und klein
und einhundertfünfzig Jahre wird man nicht alle Tage

Steffen ging an den Briefkasten und … tatsächlich (!), heute war außer Reklame mal *richtige* Post darin. Schon vom Flur aus rief er in die Küche, wo Monika, seine Frau werkelte: „Stell dir vor, jetzt schreiben uns die Eltern, statt anzurufen!"
„Wird schon einen besonderen Grund haben", entgegnete sie.
„Mach den Brief einfach auf, dann bist du schlauer."
Gesagt, getan. Steffen bewaffnete sich mit einem Messer und öffnete das Kuvert.
„Was steht denn nun Wichtiges drin?", fragte Monika.
„Die Eltern laden zum *150sten* Geburtstag ein… Das gibt es doch nicht. Niemand wird so alt – nicht mal 'ne Kuh, höchstens Darwins Schildkröte!" Steffen schüttelte leicht irritiert den Kopf.
„Na, das ist doch nachträglich zu beider Geburtstag. Der Siebzigste von Mutter und der Achtzigste von Vater", erwiderte Monika.
„Warum sagst du nicht gleich zu?", fragte sie weiterhin.

Am Abend saßen sie dann bei einem Glas Wein im Wohnzimmer und beratschlagten, welches Geschenk für die Eltern angemessen sei und, vor allen Dingen, was auch freudig angenommen würde.

*

Ellen und Markus hatten für *ihre* Feier einen Samstag gewählt. So konnten auch Gäste, die noch berufstätig waren, den darauffolgenden Sonntag nutzen und ausschlafen.
Alle geladenen Gäste fanden sich pünktlich ein und jeder hatte sich etwas Besonderes einfallen lassen. Den Vogel schossen aber Stef-

fen und Monika ab, so, dass es den Eltern die Sprache verschlug. Aus dem Kuvert zogen sie die Einladung zu einem gemeinsamen Wochenende in der *Museumsstadt* Bad Münstereifel heraus. Überraschung war gelungen und alle vier freuten sich auf dieses Beisammensein. Die Feier verlief harmonisch und in den kommenden Tagen zückten beide Paare ihre Terminkalender, um ein Datum für ihre gemeinsame Reise festzulegen.

*

Am besagten Freitag wurden Ellen und Markus von Monika und Steffen abgeholt. Sie standen schon mit kleinem Gepäck vor der Tür. Nach einer guten Stunde Fahrt, ohne Probleme, obwohl es ein Freitag war, erreichten sie ihr Ziel oberhalb der Altstadt gelegen. Malerisch, allerdings gab es ein Parkplatzproblem. Vor dem Hotel ging nichts; jedoch für kurze Zeit war vor der Doppelgarage des Eigentümers Gelegenheit, das Auto abzustellen. Monika und Steffen bekamen ein Zimmer im ersten Stock, mit Balkon, Markus und Ellen im zweiten. Da es ohnehin fast Zeit zum Abendessen war, ließen sie sich von der Wirtin ein Restaurant empfehlen. Diese war so nett, auch gleich einen Tisch für vier Personen zu reservieren. Wahrscheinlich wurde dort alles wirklich (!) frisch zubereitet, denn sie mussten außergewöhnlich lange auf das Essen warten. Dafür war es aber äußerst schmackhaft – und Zeit hatten sie zudem auch. Gegen einundzwanzig Uhr landeten sie satt und zufrieden wieder im Hotel, machten Abendtoilette, lasen noch etwas und beschlossen, um halb elf Uhr ist Nachtruhe.

*

Am nächsten Morgen – Samstag – trafen sich alle vier im Frühstücksraum; nach Absprache zwischen acht und acht Uhr dreißig. Klar, dass alle pünktlich waren; immerhin gehörten alle doch noch ein bisschen zur Generation *Disziplin*!

Ein reichhaltiges Buffet erwartete sie, kein Wunsch blieb unerfüllt. Anzumerken ist vielleicht, dass sich neben Wurst und Käse sehr viel Gesundes im Angebot befand. Obstsalat und Frischkäse z. B. hygienisch verpackt in kleinen Gläsern, sehr appetitlich. Zuvor gab es auf Kosten des Hauses einen leckeren Smoothie.

Nach dem Frühstück machten sie sich ausgehfertig, um eine Ortsbesichtigung zu beginnen. Natürlich ist es unerlässlich, einige (!) Fotos zu machen. Sie besuchten die Stiftskirche, vorbei am Pfarramt und dem rot gestrichenen Rathaus. Auch viele hübsche Fachwerkhäuser sind zu bewundern. Bad Münstereifel besteht im Kern zu neunzig Prozent aus Geschäften aller Art. Sie wunderten sich nur, dass fast jeder Tourist mit einer Einkaufstüte bewaffnet herumlief. Allerdings müssen sie gestehen, dass sie sich diesem Trend anschlossen; es war einfach zu verführerisch. Für Ellen erstanden sie ein Paar neue Schuhe und für Markus – er konnte es nicht abwenden (!) ein Hemd.

Auch konnten sie keinesfalls bei *Lindt* vorbei gehen. Ein Tütchen Pralinen musste schon sein. Im Hotelshop griffen sie bei einem Windlicht zu. Das ist nun für ihre Terrasse bestimmt, allerdings vergaßen sie, eine entsprechende Kerze zu kaufen. Nun, das holten sie zu Hause nach.

Auf dem Rückweg reservierten sie im *Ristorante „Pinocchio"* einen Tisch für vier Personen zum Abendessen gegen sechs Uhr. Nach diesem anstrengenden Rundgang ging es zurück ins Hotel und sie gönnten sich eine Ruhepause.

Am Nachmittag trafen sie sich erneut und gingen auch an einem Café *nicht* vorbei. Dort ließen sich jeder ein Stück Kuchen munden und besuchten anschließend das Apothekenmuseum; auch hier wurden entsprechende Fotos nicht vergessen. Danach starteten sie noch einmal durch zu einem Spaziergang (!!!) auf der Wehrmauer. Doch da mussten sie erstmal hin, bzw. hoch ... viele, viele Stufen. Monikas lädiertes Knie jubelte vor Begeisterung. Ein toller Blick über die Stadt entschädigte sie allerdings für die Strapaze. Nun hatten sie sich das Essen beim Italiener redlich verdient. Ausführlich, gemütlich, lecker – das sagt alles. Anschließend marschierten sie ... nun, ja ... zurück zum Hotel, um bei einem Glas Rotwein auf der Terrasse diesen schönen, und sehr heißen, Tag ausklingen zu lassen. Gegen neun Uhr verschwanden alle in ihren Zimmern. Außerdem war Fußball angesagt, doch daraus wurde nix. Markus und Ellen hatten keinen Empfang. Bad Münstereifel ist ein Funkloch und das gilt offensichtlich, wie auch immer, für's Fernsehen. Also lasen und rätselten sie noch etwas, bis gegen zehn. Nachtruhe. Alle waren rechtschaffen müde, doch auch diese Nacht war ihnen weder ein-, noch durchschlafen vergönnt. Vielleicht hatten sie etwas zu viel Sonne genossen.

Am Morgen hörten Ellen und Markus aus dem Ort die Kirchenglocken und erhoben sich aus den Betten. Auch dieser Tag versprach wieder schönes Wetter, natürlich, wenn Engel (!) reisen, lacht der Himmel. Die Freudentränen sparte er sich diesmal. Sie schritten zur Morgentoilette, packten ihre Siebensachen ein und gingen eine knappe Stunde später zum Frühstück. Auch diesmal schafften sie es nicht, vor Monika und Steffen unten zu sein. Doch sie ließen sich Zeit, beglichen die Getränke, die Übernachtung hatten Monika und Steffen ihnen, wie eingangs erwähnt, zum Geburtstag spendiert. Gegen halb zehn verabschiedeten sie sich von der Chefin des Hotels *Landhauszeit* und von dem mittelalterlichen Bad Münstereifel. Mit dem Auto ging es wieder heim und sie kamen unbeschadet an. Sie bedankten sich noch einmal und stellten fest, es harmonierte wunderbar zu Viert!

Gegen halb elf schlossen sie die Wohnungstür auf – Schön war's.

Geburtstagsgedicht für *runde*

Die Null allein ist nur 'ne Zahl
Von vorn, von hinten gelesen – ganz egal
Doch wehe, wenn sie sich mit einer anderen Zahl verbindet
Und sich die Null auch noch hinten befindet …
Dann bestimmt die an erster Stelle
Wie die Jahre vergehen auf die Schnelle
Die Zahlen verändern ihr Gesicht
Bis es eines Tages die *sechzig, siebzig, achtzig* ist

Die kleine Träumerin

Als sie in unsere Welt geboren,
war sie klein und ganz verloren,
doch mit den Jahren wuchs sie heran,
und fing ganz langsam zu träumen an ...

Im Garten spielen auf der Wiesen,
mit Wasser die Burg im Sandkasten begießen,
mit anderen Kindern spielen, die zuschauten am Zaun,
die Erfahrung hieß – es war ein Traum!

Dann die Schule, wie freute sie sich,
endlich sind viele Kinder um mich,
hab' viele Freunde, bring sie mit nach Haus,
es war ein Traum – es wurde nichts draus!

Und dann die Lehre in einer Fabrik,
viele neue Menschen – erzählt sie – daheim zurück
auch nette Jungen, mit denen geh' ich aus,
es war ein Traum – es wurde nichts draus!

So wurden Bücher zu ihren Freunden,
ob dicke oder dünne, egal, immer wieder neue,
keiner redete ihr da hinein,
sie konnte mit ihren Lieben alleine sein;
doch es waren Träume – das sah sie ein.

Jahre später ging sie ins Leben,
heiratete und ist endlich selbstständig gewesen,
ins Kino, Theater, zum Tanzen wollte sie gehen aus,
auch das ein Traum – es wurde nichts daraus!

Nach all den Jahren ...
sie hatte viele hundert Bücher gelesen,
kam die Idee, die Gedanken auf Papier festzulegen,
und siehe da, es ging von der Hand,
Erzählungen, Gedichte, ein Roman entstand.

Plötzlich waren ihre Träume aufgeschrieben,
und sie musste *nur noch* einen Verleger finden,
und wieder einmal gingen Jahre ins Land,
ein Traum wurde wahr, als sie einen fand.

Als dann die ersten Bücher erschienen,
sie kann's kaum glauben als sie vor ihr liegen,
jetzt können alle mit ihr träumen,
die sich dieses Büchlein kaufen ...
doch einer spielte falsch!
Ein Traum – zum Haare raufen!

Nun wartet sie auf eine gute Fee
die ihr hilft, die Enttäuschung zu überstehen,
alle Bekannten und Freunde drücken ihr die Daumen,
dass es noch klappt –
mit ihren Träumen.

Auf Titelsuche

Ein Autor, ziemlich unbekannt,
Hat sein neues Werk „Das knallrote Fahrrad" genannt,
Als Info schrieb er ein paar Zeilen,
Kunden sollten bei seinem Buch verweilen.

Nun gab es jemanden, der interessierte sich sehr
Für diese Krimigeschichten und mehr…
Lief zur Buchhandlung, es zu besorgen
Dort vertröstet man ihn auf übermorgen.

Doch der Autor, der von der Bestellung hört,
Am gleichen Tag zur Post hinfährt
Und tatsächlich schafft es die Institution
Am nächsten Tag hatte der Kunde es schon.

Der fängt gleich zu lesen an
Und zweifelt sodann an seinem Verstand.
Die Geschichte mit dem Fahrrad war nicht zu finden
Auch das Inhaltsverzeichnis wies nicht darauf hin.

Er macht für heute zu das Buch
Morgen wird wieder weiter gesucht…
Und dann hurra – er hat es entdeckt
Der Autor hat's auf Seite 251 versteckt.

Doch ein knallrotes Fahrrad hat der Leser übersehen
Man kann es auf Seite 169 lesen
Denn dieses Rad hat der Autor zum Anlass genommen
Und ist so zu dem Buchtitel gekommen.

Der Nudelauflauf

Wenn die Tür vom Kühlschrank aufgeht,
ein unangenehmer Geruch uns entgegen weht…
Eine Schale mit Kaffeepulver soll da helfen mitunter,

Es vergehen zwei Tage…
den Kaffee riecht man, keine Frage;
es wird alles ausgeräumt,
gereinigt und auch nicht versäumt,
an jedem Produkt einmal zu riechen,
die Ursache ist nicht zu finden.

Am Tag darauf steht auf dem Speiseplan:
Nudelauflauf soll es geben dann,
dazu gehört auch ein Ei … oder zwei
aus der Küche ein lauter Schrei:

„Mensch, das stinkt ja wie die Pest,
das letzte Ei – es war wohl schlecht",
der Appetit, der ist dahin und –
man zum Essen ist die Gaststätte ging!

Symbole

Symbole gibt es gar viele:

Der Elefant steht für ein dickes Fell
Der Adler für ein scharfes Auge
Ein Wiesel ist wendig und schnell
Der Gepard steht für Geschwindigkeit
Die Eule, ja klar, ist für die Weisheit da
Und …das Schaf für die Geduld

Auch Farben stehen für Symbole.

Zum Beispiel gelb für Neid und Eifersucht
Oder rot für die Liebe
Blau für treu und betrunken sein

Doch an was wohl jemand denkt,
der ein blaues Schaf verschenkt!

Anmerkung des Autors: die blauen Schafe stehen im nördlichen Emsland, in der Ortschaft Sögel. Ein Kölner Künstler hat sie gestaltet und sie sollen den Frieden symbolisieren.

Die Sprühdose

Es begab sich zu einer Zeit,
als es Einbrüche gab, weit und breit,
da wurde vorgesorgt, na klar,
Türen und Fenster – abschließbar!

Die Schlüssel aber, fein und zart,
drehten sich nun Tag für Tag,
denn die Wohnung muss man lüften,
befrei'n von unangenehmen Düften.

Und so geschah es an einem Tag,
der Schlüssel im Schloss sich nicht drehen mag,
offen lassen – das ginge nicht,
beim Vermieter lieh man sich Graphit…

…um das Problem zu lösen,
sprüht man's in des Schlüssels Ösen,
doch oh Schreck ,
die Düse sich nicht drücken lässt.

Der gute Mann läuft schnell zurück,
sagt, er hat gedrückt – gedrückt,
doch nichts bewegt sich aus der Flasche,
der Vermieter grinst … und sagt:
„Ich würd' den Deckel mal abmachen!"

Da mussten beide furchtbar lachen,
der Mann ging nun die Schlösser gängig machen,
den Deckel ab und ins Schloss gesprüht,
der Schlüssel dreht sich … wie verrückt.

Er kann das Haus wieder verlassen, unverdrossen,
denn es ist alles abgeschlossen,
für's nächste Mal weiß er Bescheid,
die Sprühdose man erst vom Deckel befreit!

Ein Getränk bitte!

Ein Kölner, der was auf sich hält,
sich im Lokal ein *Kölsch* bestellt.
Doch weil das Glas nur hat „0,2",
bestellt man halt noch eins oder zwei…

Wer in Düsseldorf ins Wirtshaus geht,
dem wird ein *Altbier* ausgeschenkt;
auch dieser Gast schwört auf das Getränk,
ihm ist's egal, was der Fremde denkt…

In München lacht man über Mini-Gläser,
da muss *a hoalbe* Weißbier her;
auch vorteilhaft ist's, er trinkt zwei Bier,
die Anderen brauchen fünf dafür…

Doch kommt man in ein Lokal in Baden,
da ist *ein Viertele* oder ein *Schoppen* zu haben;
denn Bier kommt selten auf den Tisch,
ein Wein den Gast hier mehr erfrischt…

Zum Schluss, da gibt's ein Berliner Phänomen,
hier heißt es: '*ne Weiße mit Schuss* für jeden;
doch egal – ob Kölsch, Wein, Weizen oder Alt,
zu viel davon, macht vorm Betrunken sein nicht halt!

Arztbesuch

Seit vierzehn Tagen steht es fest
Der Patient beim Arzt sich sehen lässt
Morgens um neun Uhr ist der Termin
Eine halbe Stunde vorher geht er hin

An der Rezeption meldet er sich an
Die Dame schaut in den PC – und dann …
Es stimmt! Auch manuell wird er abgehakt
Im Wartezimmer wird er derweil geparkt

Dann vergehen Raum und Zeit…
Nach einer Stunde ist es soweit
Der Patient fragt an der Theke nach
Ob man ihn vielleicht vergessen hat

Wieso machen sie für neun Uhr einen Termin
Und ich bin um zehn Uhr noch immer beim Arzt nicht drin
Die Antwort kommt prompt …
Der Arzt gleich zu Ihnen kommt

Gleich war dann noch mal 'ne viertel Stunde
Die Visite nicht einmal fünf Minuten!
Ja, wäre man Privatpatient …
Dann hätte man seinen Termin wohl nicht verpennt!

Wieder zu Hause denkt er nach
Ob ein Arztwechsel vielleicht Sinn macht
Doch auch der hat sicher viele Patienten
Und als *Neuer* steht man wieder am Ende…

Der Lohn der guten Tat

Ein Mann kommt von 'ner Wanderung,
freut sich auf einen kühlen Trunk,
von weitem sieht er schon die Schenke,
die letzten Schritte noch … fast rennt er.

Im Freien setzt er sich auf den Stuhl, den harten
der Ober bringt die Getränke-Karte,
der Durst, so sagt er, bringt ihn fast um
und er bestellt ein alkoholfreies Weißbier drum.

Aus einer Flasche schenkt er ins Glas
und freut sich auf das kühle Nass.
Eine Wespe in der Nähe fliegt,
die auf den Duft des Bieres neugierig ist.

Auf den Rand der Flasche setzt sie sich,
oh weh – sie bekommt das Übergewicht,
Kopfüber stürzt sie dort hinein,
das wird das Ende ihres Lebens sein.

Der Mann sein Glas nun leer getrunken hat,
kippt den Rest aus der Flasche mit Bedacht,
die Wespe schwimmt nun in seinem Glase
und er überlegt, was er jetzt mache …

Mit einem Stöckchen fischt er sie raus,
sie sieht doch reichlich leblos aus,
er denkt: das hat sie nun davon …
sie vertrocknet auch noch in der Sonn'!

Jetzt trinkt er aus und will bezahlen,
da sieht er, wie die Totgeglaubte sich aalte,
mit den Flügeln schlug sie noch 'ne Weile,
dann machte sie sich auf die Weiterreise.

Vielleicht, doch das ist nicht belegt,
von jetzt an sie jedem Bier aus dem Wege geht,
das nächste Mal, das ist gewiss…
ein Anderer nicht so freundlich ist.

Nach einer Erzählung von Uwe Krohn/2018

Nicht, dass wir dahin wollten …

Wenn es sie gibt, diese höhere Macht,
was hat sie (er?) sich bloß dabei gedacht?
Am Tag der Weiber-Fase-Nacht,
er uns mit hohem Fieber hat bedacht.

Dann kam der Schüttelfrost dazu,
schlapp wie Lumpi und was nun?
Mittelchen, wie Olbas, sind im Haus,
doch fiebersenkende Pillchen sind grad' aus.

Schnell noch ins Dorf zur Apotheke,
proppenvoll, es traf noch mehrere,
mit Medikamenten für viel Geld,
ging's ab nach Hause – aber schnell!

Nun pendelt man zwischen Sofa und Bett,
der Durst ist da – der Hunger weg,
dann verliert am Samstag auch noch mein Verein,
wie soll man da genesen … es ist zum weinen.

Ob nun die Medikamente geholfen haben,
oder die Gedanken der *Oberen* eine Wendung nahmen,
nach vier Tagen ging es schon etwas besser,
denn … wir konnten auch mal wieder was essen.

Am fünften Tag blicken wir schon mal zurück,
ein Kilo verloren – waren sowieso zu dick!
Die Sonne schien, wir haben sie gesehen,
und konnten mit Fieber nicht spazieren gehen.

Mitmenschen

Elke und Jörg hatten sich gut eingelebt. Ein Dreiparteienhaus mit einem netten, großzügigen und sehr sozial eingestellten Vermieter. Im Laufe der Jahre kamen sich auch die Mieter untereinander näher; Elke und Jörg fungierten unter anderem für alle als Anlaufstelle für ankommende Post. Sie waren bereits, im Gegensatz zum Ehepaar über ihnen und der Einzelperson im zweiten Stock, die alle noch ihren Berufen nachgingen, Rentner und die meiste Zeit daheim.
Es zeugte von großem Vertrauen, dass sie von Allen den Wohnungsschlüssel, inklusive der Schlüssel für die Briefkästen, aufbewahren durften.

*

Und dann passierte es. Alles, was oft beansprucht wird, unterliegt einem gewissen Verschleiß. Ärgerlich, wenn es sich um das Abflussrohr handelt. So geschehen in der zweiten Etage. Zunächst versuchte man die Panne auf eigene Faust mit Druck oder anderen Methoden zu beheben. Doch eines Tages ging nichts mehr und das Rohr, sowie die angeschlossenen Abzweigungen gaben ihren Geist auf. Das Rohr war dicht und das Wasser suchte sich seinen Weg. Bis …, ja bis es beim Nachbarn durch die Decke nässte. Nun war der Schaden um Etliches größer – hätte man diese Geschichte doch besser dem Vermieter früher melden sollen. Der Ärger war perfekt. Und nicht nur das!
Die Mieterin hatte ihren Urlaub gebucht und war der Ansicht, dass man fremde Handwerker keinesfalls allein in der Wohnung lassen könne. Nun ja, mit Vertrauen sei das schließlich so eine Sache –

meinte diese Mieterin. Sie übertrug (!) die Aufsicht über die Handwerker ihrer Mutter, der Schwester und den Nachbarn im Erdgeschoss, also Elke und Jörg.

Das war auch für den Vermieter die Gelegenheit, den schon länger gewünschten Umbau, vom Wannenbad zum Duschbad, in Angriff zu nehmen.

*

Der Umbau ging gut voran; trotzdem braucht nun mal alles seine Zeit. Für Handwerker ist dergleichen nicht die einzige Baustelle, auch wenn es sich um einen Notfall handelt.

Nach zwei Wochen kam die Mieterin aus dem Urlaub zurück mit der festen Vorstellung, alles sei erledigt. Schließlich musste sie wieder zur Arbeit. Da das Badezimmer immer noch einer Baustelle ähnlicher war als einem intakten Bad sprangen Elke und Jörg weiterhin ein. Sie hatten ja einen Schlüssel.

Begeistert war die Mieterin nicht und machte ihrem Unmut auf eine Weise Luft, die sowohl Elke als auch Jörg schlichtweg als dreist empfanden. Mit den Worten: „Das habe ich mir ja nun ganz anders vorgestellt … und außerdem muss ich jetzt auch noch das Wohnzimmer und den Rest der Wohnung komplett säubern, da Sie die Türen offen gelassen haben!"

Aha – wer immer die Türen aufließ, Elke und Jörg waren es nicht. Die waren einfach nur sauer und alles, was jetzt noch anfiel taten sie für ihren *Ver*mieter, nicht mehr für die Nachbarin.

*

Es verging noch eine ganze Weile, doch dann war das Bad komplett renoviert; Rohrleitungen, Kabel, neuer Heizkörper, usw. Jetzt fehlte nur noch der Anstreicher für Wohn- und Schlafzimmer, diese Räume hatten im Zuge der Wasseraktion auch etwas abbekommen.

Dann ereignete sich eine kleine Sensation! Die Mieterin verlangte den deponierten den Schlüssel zurück mit dem Argument, sie brauche diesen für den Maler, sie wäre so früh – der wollte am Nachmittag kommen – nicht zu Hause…

Wie? Sie lässt den Handwerker ohne Aufsicht in ihre Wohnung? War das der Mann ihres Vertrauens? Elke und Jörg machten sich ihre Gedanken. Waren sie, warum auch immer, nicht mehr vertrauenswürdig? Irgendwie hatte das Verhältnis einen Riss bekommen. Ob sie noch einmal so großzügig ihre Freizeit opferten, würden sie sich gewaltig überlegen.

Das leere Haus

Schon lange leer steht das Nachbarhaus
die letzten Mieter zogen aus
vom Eigentümer keine Spur
im Vorgarten wächst das Unkraut nur …

Auch auf dem Grundstück hinterm Haus
breiten sich die Disteln aus
der Löwenzahn, wenn er verblüht
seine Samen zu den Nachbarn schickt

Nach Wochen hält ein großer Wagen
aus diesem werden Möbel ins Haus getragen
auch eine Familie mit Kindern und Hund
'ne Katze macht das Ganze rund

Endlich ist wieder Leben im Nachbarhaus
der Hund bellt, er will morgens raus
die Kinder – ausgeschlafen – außer Rand und Band
spielen Fußball gegen die Garagenwand

Dann … so um die Mittagszeit
hört man den Rasenmäher schon ganz weit
auch geht es in den nächsten Tagen
im Garten dem Unkraut an den Kragen

Die Hecke, die an der Grundstücksgrenze steht
wird kurzerhand mit abgesägt
wird ersetzt durch einen Lattenzaun
So hoch, dass keiner kann mehr drüber schau'n

Weitere Wochen gingen ins Land
ohne, dass ein Besuch bei den Nachbarn stattfand
gehört es doch zum guten Ton
sich bei den Nachbarn vorzustellen schon

Da sind die Tiere manchmal schlauer
sie betrachten sich die Freunde etwas genauer
und wenn sie sie dann mögen
können sie zusammen in Ruhe leben.

Der schwarze Hund

Der Nachbar hat 'nen schwarzen Hund,
er ist vital und kerngesund,
und jeden, den er kennt und mag,
begrüßt er dann auf seine Art.

Er nimmt Anlauf und es kann passieren,
er springt dann ab mit allen Vieren,
hat man dann keinen festen Stand …
…liegt man gemeinsam dann im Sand.

Erst wenn er Streicheleinheiten hat genug,
erhebt er sich und trollt sich nun.

Es trug sich zu an einem Tag,
als er von seiner Runde kam,
Herrchen brachte ihn bis vor die Tür,
und ging mal schnell zum Nachbarn rüber.

Der Hund dachte nach 'ner Weile sich
Es regnet gleich und der vergisst mich hier
Er kennt ja schließlich sein Revier,
schnell durch den Garten –
so stand er beim Nachbarn vor der Tür.

Doch Herrchen war in der Zeit schon weg,
was mach ich nun, denkt er voll Schreck,
Plötzlich schallt vom Haus ein Pfiff,
und wie der Blitz schoss er zurück…

Gut getroffen

Aller Anfang ist schwer, sagt man. Zu Hause wurde es langsam zu eng. Inge und Oliver wollten heiraten. Doch dazu musste eine gemeinsame Wohnung her. Oliver arbeitete noch nebenbei als Bedienung in einem Gartenlokal, als er in einer Pause mit seinem Arbeitgeber über Privates sprach. Unter anderem auch darüber, dass er seit längerem auf Wohnungssuche sei. Aufmerksam hörte der Gastwirt ihm zu. Am Ende des Gespräches machte er Oliver einen ernst gemeinten Vorschlag: „Du weißt ja, dass ich Eigentum habe und seit meine Mutter verstarb, steht im ersten Stock ein Appartement mit Bad leer. Wäre das für den Anfang etwas für Euch, oder?"
Oliver hatte gespannt zugehört und antwortete: „Ich spreche mit meiner Verlobten und sage Ihnen dann Bescheid. Wäre das so okay?"

Es war in Ordnung und bereits am darauf folgenden Wochenende, nach einer Feier, die im Lokal stattfand, vereinbarten sie einen Besichtigungstermin.

Ein großes Zimmer mit einem eingebauten Schrank, einem etwas breiteren Bett und einer Kochgelegenheit, sowie einem Bad mit Wanne, Dusche und Toilette. Alles in einem guten Zustand. Inge und Oliver schauten sich an – es war beschlossene Sache. Da auch der Mietpreis stimmte, sagten sie zu. Der Einzug sollte zum nächsten Ersten stattfinden. Beider Elternpaare waren einverstanden und einerseits froh, dass ihre Ältesten nun eine eigene Familie gründen würden. Andererseits würde die Hilfe der Beiden im Haus gewaltig fehlen. An dem vereinbarten Termin zogen Inge und Oliver in ihr erstes gemeinsames Heim.

In den nächsten Monaten hörten sie sich bei Freunden und Bekannten um, ob irgendwo eine *richtige* Wohnung zu vermieten sei. Bei der betriebseigenen Wohnungsgesellschaft von Olivers Hauptarbeitgeber wurde ihnen eine Dreizimmer-Wohnung, mit ca. sechzig qm, angeboten, unter der Bedingung, in den nächsten drei Monaten zu heiraten. Das sagte Oliver zu und sie bekamen die Wohnung zum Beginn des kommenden Monats. Sie heirateten, sandten eine Kopie der Heiratsurkunde an die Wohnungsgesellschaft und fühlten sich in ihrem neuen Zuhause wohl. Auch mit den anderen fünf Mietparteien im Hause kamen sie gut zurecht. So ging die Zeit dahin. Achtzehn Jahre waren vergangen, als ihnen eine Hiobsbotschaft ins Haus flatterte. Die Häuser wurden an einen Investor verkauft und der machte umgehend Eigentumswohnungen daraus!

Nach kurzer Diskussion waren sich die Beiden einig … Eigentum wollten sie nicht und wollten sich auch keineswegs so hoch verschulden. Nun war wieder Kreativität und Glück gefragt. Sie erzählen bei Treffen mit Bekannten davon und, kaum zu glauben, aber wahr: ein Ehepaar berichtete, dass bei ihnen im Haus eine Wohnung im zweiten Stock frei würde und er wollte sich beim Eigentümer für sie verwenden. Inge und Oliver konnten es zunächst nicht fassen, es klappte tatsächlich und zwei Monate später; nachdem die alte Wohnung gekündigt war, zogen sie um. Nun hatten sie neunzig Quadratmeter, was auch hieß, nach und nach in einige neue Möbelstücke zu investieren.

„Hier bleiben wir wohnen", war ihr Credo. Was die Beiden aber nicht wussten, war, wie es ist, *zentral* zu wohnen. Es hat nicht nur Vorteile! Wie zum Beispiel: die Bushaltestelle vor der Haustür, Überflugschneise für die Flugzeuge nach Köln und nach Düsseldorf; je nach Windrichtung hörte man die Autos auf den Autobahnen eins und drei und, nicht zu vergessen, der ganz normale Autoverkehr plus LKWs. Spaßeshalber zählten sie, wenn sie bei schönem Wetter den Balkon genossen, die Flugzeuge. Für jeden Überflug *kassierten* sie fünf Euro…

Nach kurzer Zeit schönen Wohnens passierte das Unglück. Der Eigentümer er war auch der Vermieter, verstarb. Seiner Frau wurde auf die Dauer die Verwaltung des Objektes wohl zuviel und sie verkaufte das Haus. Und – wie könnte es anders sein – an einen Investor.

Nach sechzehn Jahren war es also wieder soweit: eines Tages stellte man ein Schild vor die Tür … Eigentumswohnungen!!!

Und was nun? Das Procedere begann vor Neuem. Inzwischen waren Inge und auch Oliver pensioniert. Kaufen, trotz *Vorzugspreis*, kam nach wie vor nicht in Betracht. Also erzählten sie wieder einmal Freunden und Bekannten, aber auch in Geschäften, in denen sie Kunde waren, von ihrem Problem, eine geeignete Wohnung zu finden. Auch am Schalter ihres Bankinstitutes unterhielten sie sich mit einer Angestellten darüber. Da hörten sie hinter sich eine Stimme: „Sie suchen eine Wohnung", mischte sich der Herr in ihre Unterhaltung ein.

Oliver drehte sich um: „Ja, das stimmt."

„Welch ein Zufall", erwiderte der Herr, „ich habe eine Wohnung frei. Wenn sie wollen, schauen Sie doch mal bei mir vorbei." Damit gab er ihnen eine Visitenkarte mit der Anschrift.

Gleich am nächsten Tag machten Inge und Oliver sich auf den Weg zu der angegebenen Anschrift. Der Eigentümer lud sie zu einer Besichtigung ein, danach entschieden sich die Zwei für diese Wohnung, zumal auch der Mietpreis akzeptabel war. Inge und Oliver kündigten ihre alte Wohnung und bestellten wieder einmal ein Umzugsunternehmen.

Das ist nun schon mehr als ein dutzend Jahre her; sie fühlen sich in ihrer, jetzt einhundertzehn qm, großen Wohnung wohl und hoffen, dass es noch viele schöne, friedliche Jahre sein mögen, bis … na ja, sie *keine* Wohnung brauchen.

Inge und Oliver sprachen rückblickend darüber, als sie in ihrem gemütlichen Wohnzimmer saßen: „Wer weiß, wofür es gut war, dass wir im fortgeschrittenen Alter noch so eine tolle Wohnung gefunden haben."

Sie hatten es gut getroffen und wissen es bis heute zu schätzen.

Im Treppenhaus

Wenn wir in den Keller geh'n
und die Großfamilie sehen...
fragt man sich, wie das wohl geht,
wo Affe neben Schlange steht!

Beim Tukan und dem dicken Huhn,
da weiß man, dass sie sich nichts tun!

Doch der Bär dort in der Mitt',
mit zwei Mäusen sind sie zu dritt.
Doch wehe, wenn der Bär mal fällt,
dann ist's um die Mäuse schlecht bestellt.
Und die Frösche klein und zierlich,
machen sich doch recht possierlich.

Aus der Ecke auf einer Pflanze,
blickt die *EVA* auf das Ganze.

Nun – mit ein wenig Phantasie...
stellt man sich vor, dass leben sie;
so könnten sie, ob groß – ob klein,
moderne Heinzelmännchen sein!

Und wären sie mal aktiviert,
lief's Treppe putzen wie geschmiert.

Doch bestimmt würde es jemand hören
und die guten Geister stören.

Sie würden dann das Weite suchen
und wir in aller Stille fluchen,
also lassen wir die Figuren so steh'n
und freuen uns, wenn wir vorüber gehen!

Mitten im Wald

Sie galten als eine eingeschworene Gemeinschaft. Walter, nicht unbedingt der Kräftigste, gerade mal etwa anderthalb Meter lang, dafür aber mit Haaren, die so blond waren, wie ein Kornfeld im Sommer. Der Zweite, Helmut, war zwar gleich groß, aber mindestens zwanzig Kilogramm schwerer und kräftig gebaut.
Das Auffallendste an ihm waren seine Haare. Ein rabenschwarzer Lockenkopf. Alle fragten sich, woher er den wohl hatte? Beide Eltern waren blond beziehungsweise dunkelbraun. Vielleicht waren die Vorfahren damals schon aus südlichen Gefilden eingewandert.
Florian vervollständigte die Gruppe. Doch im Gegensatz zu seinen Freunden Walter und Helmut hatte er eine normale Figur, war aber einen Kopf kleiner. Und, was für sein Alter, zwölf Jahre, ungewöhnlich war: er hatte keine Haare mehr. Deshalb trug er immer eine Mütze, die er nur zu Hause auszog. Er war der Intelligenteste von ihnen, immer Klassenprimus in der Schule, die die drei zusammen besuchten.

Wohnhaft in einem kleinen Ort im nördlichsten Bundesland unserer Republik, die Nordsee war nicht weit. Die Landschaft ihrer Heimat war für Kinder und Jugendliche zum spielen wie geschaffen. Weite Felder, die im Herbst zum Drachenfliegen einluden. Große Waldstücke, in denen man Räuber und Gendarm oder Verstecken spielen konnte.
Das schönste von allem war aber eine richtige Kiesgrube mittendrin! Konnte man da doch herrlich die Hänge auf dem Hosenboden runter rutschen.

Eines Tages kam Florian auf eine tolle Idee. Samstagnachmittag trafen sich die drei Freunde. Florian legte Walter und Helmut seinen Plan vor.

„Wisst Ihr was – wir werden Schatzsucher!"

„Wie meinst Du das?" fragte Helmut seinen Freund.

„Na, seht doch mal! Ist Euch schon einmal aufgefallen, dass es an manchen Stellen in der Kiesgrube richtig glitzert?"

Walter und Helmut sahen ihren Freund erstaunt an.

„Nee", sagten beide wie aus einem Mund.

„Was meint Ihr, Freunde, sollen wir mal ein wenig buddeln? Es könnte doch sein...!?"

Sie waren sich schnell einig – einen Versuch war das allemal wert. Als sie dann tatsächlich an einem der nächsten Wochenenden einen wunderschönen Stein fanden, gab es kein Halten mehr. Jede freie Stunde, die neben Schularbeiten und anderen Verpflichtungen blieb, trafen sich die drei nun in der Kiesgrube, um nach Edelsteinen zu suchen. Den anderen Schulkameraden gegenüber wurde natürlich absolutes Stillschweigen gewahrt. Nur durch drei zu teilen, das rechnete sich besser!

So vergingen die Jahre und die Schulzeit zu Ende. Ein Beruf und eine passende Lehrstelle mussten gesucht werden.

Walter blieb im Heimatort und lernte bei seinem Vater auf dem Hof das Handwerk des Bauern. Er hatte schon immer die Natur und die Tiere geliebt; sein Vater freute sich, dass er die Hoffnung haben könnte, sein Sohn würde eines Tages den Hof weiterführen.

Helmut wollte unbedingt zur Bundeswehr. Seine Passion, von Kindesbeinen an, war die Fliegerei. In seinem Zimmer daheim waren die Bücher über Flugzeuge und Zubehör nicht mehr zu zählen. Er wollte unbedingt Pilot werden.

Florian strebte in die Forschung: das bedeutete Studium an einer Universität.

So trennten sich die Wege der Freunde. Florian bekam seinen Studienplatz in Berlin und Helmut kam zum Bundeswehrstandort nach Frankfurt. Nur Walter blieb, wie gesagt, daheim.

Es verging eine geraume Zeit, bis die drei Freunde sich endlich wieder einmal für ein Wochenende zusammenfanden. Sie trafen sich an einem Freitagabend im Dorfkrug. Es gab viel zu erzählen und etliche Bierchen mussten im Laufe des Abends daran glauben. Bevor Walter, Helmut und Florian sich trennten, verabredeten sie sich für den Samstagmorgen nach dem Frühstück. Sie wollten doch einmal sehen, was *ihre* Kiesgrube so machte.
Wie früher, Treffen an der alten Kastanie – pünktlich! Und dann marschierten sie los, Richtung Wald.
Nach einer guten viertel Stunde, sie waren langsam, plaudernd gegangen, rief Walter mit einem Mal: „Kinder, schaut mal da vorne!"
Es glitzerte zwischen den Bäumen. Alle drei beschleunigten ihre Schritte und staunten nicht schlecht.
Aus ihrer schönen Kiesgrube war ein Baggersee geworden.
Ein bisschen verdutzt schauten sie sich schon an: nun waren all' die schönen Steinchen unter Wasser.
Walter, immer praktisch denkend, sagte ganz spontan: „Na und? Es ist schönes Wetter, Sonnenschein und relativ warm. Freunde auf geht's! Raus aus den Klamotten und rein ins kühle Nass."
Helmut und Florian, beinahe schon wieder im Duett: „Wir haben keine Badehose mit...!"
„Na und? Schaut Euch um, hier ist außer uns keine Menschenseele in der Nähe."

Sie zogen sich aus und sprangen, nachdem sie ihre Sachen doch ein wenig versteckt hatten, kopfüber ins Wasser.

Nachdem sie einige Runden geschwommen waren, ließen sie sich am Ufer von der Sonne trocknen. Florian, der zwischendurch einmal recht tief getaucht war, grinste in die Runde. „Schaut mal, was ich hier habe!"

Walter und Helmut blickten ihn ein wenig neugierig an als er seine Faust öffnete. Darin schimmerte ein wunderschönes, rotes Steinchen.

Und Walter, gerade er, der immer Praktische, sagte, nachdem sie sich alle wieder angezogen hatten: „Kinder, das ist jetzt nicht mehr unsere Kiesgrube – das ist unser Baggersee. Und schaut mal über die Oberfläche, da glitzern all unsere Edelsteine im Sonnenlicht."

Radfahrer

Wenn es noch dunkel in der Früh,
dazu noch Regen – man fast nix sieht,
fährt ein Radler ohne Licht
mitten auf der Straße, es stört ihn nicht.

Ein Auto steht am Straßenrand,
außer Atem kommt ein Mann gerannt,
steigt in sein Auto schnell sodann,
Zündschlüssel rein – der Motor springt an.

Schaut in den Spiegel …
Die Straße ist frei,
fährt los – zur Arbeit –
es ist höchste Zeit.

Den Radler hat er nicht gesehen
und der auf dem Rad, der bleibt nicht stehen.
Nun ist klar, was gleich passiert,
der Radler den linken Kotflügel rasiert.

Gesundheitlich war nicht viel passiert,
des Radlers Rad ein bisschen lädiert,
die Polizei hielten Beide raus,
sie tauschten nur ihre Adressen aus.

Die Moral von diesen Zeilen,
der Radler muss in die Werkstatt eilen,
denn außer Kosten für sein Rad,
trägt er auch die,
die er für die Kotflügel-Sanierung hat.

Die gute Tat

Ein Apfelbaum im Garten stand
Goldgelbe Äpfel waren dran
Die Äste bis zur Erde ragen
Gar viele Früchte musst' er tragen

Dem Nachbarjungen tat er leid
Leicht könnte abbrechen so ein Zweig
Hin und her überlegt er nun
Was könnt' er dem Baume Gutes tun…

Man müsste in einer stillen Stunde
Einmal den Apfelbaum umrunden
Und ruckzuck von jedem Ast
Befreien ihn von dieser Last

Das Dumme nur – um diesen Baum
Steht ein ziemlich hoher Zaun
Den Eigentümer könnt' man fragen
Dürft' ich ein paar Äpfel haben

Wie soll man's machen, wenn der weit weg
Ein Briefchen schreiben zu diesem Zweck?
Doch die Post, man weiß es ja
Kommt nicht an, in einem Tag

Während er noch überlegt
Kommt ein Schulfreund flugs des Wegs
Gemeinsam lösen sie das *Zaun-Problem*
Indem er sich lässt darüber heb'n

Ein Dankeschön – der Freund geht weiter
Der Nachbarjunge sammelt heiter
Von jedem Ast, der so schwer trägt
Nimmt er ein paar Früchte weg

Er legt sie ins Gras unter den Baum
Und geht zurück zum Gartenzaun
Denkt: morgen komm ich auf leisen Sohlen
Mit einem Korb die Äpfel holen

Mit Mühe, denn der Zaun ist hoch
Findet er ein kleines Loch
Zwängt sich hindurch und merkt gar nicht
Ein Stück vom Hemd, das kommt nicht mit

Zu Hause muss er erklären der Mutter
Warum das Hemd kaputt, samt Futter
Dem Apfelbaume wollt' er helfen – eine gute Tat
Weil der zu viel Früchte zu tragen hat

Die Mutter schon die Hand gehoben
Überlegt es sich und tut ihn loben
Dem Eigentümer erstattet sie Bericht
Der versprach am Telefon – er kümmere sich

Und tatsächlich, am nächsten Tag
Der Junge mit Leiter und einem Korbe naht
Am Apfelbaum kein einziger Apfel mehr
Kein Ast muss sich verbiegen mehr

Der Eigentümer lacht ihn an
Sprach: „gutes hast du meinem Baum getan –
Zum Dank darfst du in deinen Korb
Die schönsten Früchte tun … das ist ein Wort!"

Der Reiher im Baum

Ein Graureiher steht am Gartenteich,
schaut nach einem Fisch – vielleicht;
als der Haushund dieses sieht,
bellt er: „He, Freund, das hier ist mein Gebiet!"

Der Reiher, höchst erschrocken, flieht,
von einem Baum nach unten sieht.
Der Hund dagegen hockt am Stamm
und hadert, dass er nicht fliegen kann.

„Kommst du das nächste Mal zum Teich,
ich dir ein paar Flugfedern raus reiß…
Dann musst du laufen, so wie ich,
und ich dich auf jeden Fall erwisch!"

„Doch solltest du nirgends was zu fressen finden,
werd' ich meine Herrschaft bitten,
wenn sie mir mein Fressen geben,
dir einen Fisch neben meinen Napf zu legen."

Eventuell werden wir dann Freunde?

Der Schrebergarten

Wenn der Winter ist vorbei,
kein Frost mehr in dem Boden sei,
die ersten Sonnenstrahlen blitzen...
sieht man sie in die Gärten flitzen.

Vom Bauern eine Fuhre Mist...
glücklich, der heut' noch eine kriegt!
Nun wird gegraben und geharkt,
auch erster Samen in die Erde gelangt.

Ein Frühbeet, abgedeckt mit Glas,
damit man recht bald Pflanzen hat.
Der Gartenzaun, die Laube, Bänke...
wird neu gestrichen durch fleißige Hände.

Wenn es im Sommer wächst und blüht,
man einen zufriedenen Gartenfreund sieht.
Ein Grillfest ist dann der richtige Rahmen,
um zu zeigen, wie fleißig alle waren!

Tomaten, Gurken und Salat
Kartoffeln, Möhren, Blattspinat,
Äpfel, Kirschen, sogar Trauben,
alles frisch ... kaum zu glauben.

Auch ist man stolz auf den Kohlrabi,
Radieschen, Rettich und Zucchini,
ein Gartenfreund zum anderen spricht,
so groß wie meine, sind deine nicht!

Ach, sagt der Nächste, ohne Scham,
meine Kohlköpfe man kaum heben kann!
So wird es Herbst, das Laub wird bunt,
man hält *Erntedank* in froher Rund.

Nun trotzt der Grünkohl noch im Garten,
er muss den ersten Frost abwarten.
So geht das Schrebergartenjahr zu Ende,
bis zum Frühjahr,
dann spuckt man wieder in die Hände.

Um zu graben, zu säen und sich zu freuen,
wenn alles wächst und blüht von neuem.
Hoffen wir, dass wir das können erleben...
so lange wir wandern auf dieser Erden!

Die kleine Waldmaus

Am Waldesrand in einem Bau
lebt die Maus, klein, flink und braun.
Hat ein Nest ganz warm und weich
für sie ist es ihr Königreich.

Draußen ist es bitter kalt
und Schnee liegt noch im ganzen Wald.
Und darum ist sie kaum zu sehen
von Menschen, die spazieren gehen.

Wenn der Schnee dann weggetaut,
die Maus sich aus dem Bau raustraut,
ihr Magen knurrt in einer Tour,
sie überlegt – was mach' ich nur?

Nach ein'ger Zeit kommt sie zum Schluss,
sie in der Erde graben muss.
Eine Wurzel, eine Eichel vom vorigen Jahr,
denn sonst ist noch nichts Frisches da.

Doch dann wird es Frühling, auch im Wald,
eine Mausfrau ist gefunden bald,
und wenn sie sich mächtig lieben,
gibt's kleine Mäuschen – derer sieben.

Nun hat die Waldmaus ein Problem,
woher das viele Futter nehm'?
Sie überlegt und denkt sich dann,
man auch auf freien Felde suchen kann.

Am Waldesrand steht nun die Maus
und schaut nach etwaigen Feinden aus,
dann läuft sie los – quer über's Feld
und sammelt Futter, flink und schnell.

Die Zeit vergeht, die Mauskinder wachsen,
immer mehr Futter muss man ranschaffen.
Eines Tages ist's dann geschehen…
ein Bussard hat die Waldmaus gesehen.

Auch er hat Kinder zu versorgen...
und die Mäusekinder warten vergebens heute Morgen.
Wäre sie doch nur im Wald geblieben,
dann könnte sie heute noch leben.

Elstern im Baum

Ein Elsternpaar im Ahorn sitzt,
hat lose Ästchen schnell stibitzt,
dann sieht man sie zum Nachbarn fliegen,
auf einem Ast lassen sie sich nieder.

Dort hocken sie nun auf der Spitze,
ein Nest zu bauen, in dem sie später sitzen,
vermutlich werden sie sich lieben,
und viele kleine Elstern kriegen.

Doch muss man sie vielleicht bedauern,
bei jedem Wetter im Nest zu kauern,
ein Dach ist da nicht vorgesehen,
der Mensch schaut zu und …
kann das nicht verstehen.

Die Fichte

Seit Jahr und Tag steht sie im Garten
fast dreißig Meter ist sie gewachsen
Flieder und Kirschbaum stehen an ihrer Seite
doch nun kommt die große Pleite

An einem Freitag im Monat Mai
beschließt man, ihr Leben sei vorbei
eine Hebebühne wird in den Garten gefahren
mit dem Abholzen wird man bis morgen warten

Am Abend wird der Hof von Autos befreit,
am Morgen steht pünktlich um sieben Uhr die Mulde bereit,
Kurz nach acht – die Crew rückt an
den Ausleger stellt man in Position sodann

Um halb neun fallen die ersten Äste
die Fichte weint, doch es ist das Beste
denn sollte kommen der nächste Sturm
fällt sie vielleicht ganz unkontrolliert um

Nach zwei Stunden steht nur noch der Stamm
die Äste kommen in die Mulde dann
nun fällt Stück für Stück der Stamm
kommt später, klein gehackt, für's Kaminfeuer dran.

Halb eins – die volle Mulde wird abgeholt
die Mannschaft sich vom Sägen erholt
nach angemessener Mittagsrast
wird der Stamm zerkleinert, ganz ohne Hast!

Nachmittag: die Sägen kreischen immer noch
wie kräftig war der Stamm doch bloß
um dreiviertel vier – Hof und Garten gekehrt
die Arbeiter fahren heim … unversehrt

Eine zweite Mulde gab es noch
steht jetzt gefüllt mitten im Hof
über die Feiertage ist das zwar doof
aber am Tag danach verschwindet sie doch

Den Vormittag musste man noch leiden
doch mittags ging die Mulde auf Reisen
jetzt ist der Platz auf dem Hof wieder frei
die Parkplatznot ist auch vorbei … !

Blumenkinder

In immer schönen, neuen Bildern,
Lässt sich die Natur hier schildern.
Ob Frühjahr, Sommer, Herbst – ob Winter,
Stets sieht man andre Blumenkinder.

In der ersten Jahreszeit
Sind die Schneeglöckchen soweit.
Der Krokus weiß, blau oder gelb,
Erfreut die Menschen in der Welt.

Im Sommer dann die Tulpen blüh'n,
In vielen Farben, wunderschön,
Dann die Krönung aller Blumen – die Rose
Duftet, egal ob weiße, gelbe oder rote.

In der dritten Jahreszeit
Ist's für die Astern dann soweit.
Sie duften nicht mehr intensiv,
Weil ab und zu die Sonne schlief.

Ist erst der Winter dann gekommen,
Die schönste Blume – unbenommen,
Kann man an manchen Fenstern seh'n.
Die Eisblume – recht zart und schön.

Der Ahorn

Im Garten steht ein Ahornbaum,
ein Efeu klettert an ihm rauf,
im Frühjahr, wenn die Blätter sprießen,
kann man das zarte Grün genießen.

Die Monate gehen nun ins Land,
die Sonne hat ihren höchsten Stand,
dann ist das zarte Grün dunkel gefärbt,
der Ahorn uns Menschen Schatten gewährt.

Drei Monate weiter im gleichen Jahr,
ist der Herbst mit Stürmen da,
der Ahorn bekommt ein buntes Kleid,
aus grün wird rot, gelb und sogar braun –
er ist nicht dagegen gefeit.

Dann steht er da mit kahlen Ästen,
nur das Efeu gibt sein Grün zum Besten
doch auch das welke Laub ist zu etwas nütze,
auf dem Kompost sieht man Würmer und Käfer flitzen.

Jählings ist der Winter da,
die Äste des Ahorns sind alle kahl.
In den letzten Tagen hat es geschneit,
und der große Baum trägt ein weißes Kleid.

Bis plötzlich dann im neuen Jahr
viele Knospen an ihm sind wieder da,
das erste Grün zeigt deutlich an …
unser Ahorn beginnt zu leben alsdann.

Winterspaziergang

Nun ja – Winter konnte man es nicht nennen. Die Temperatur betrug zwar um die Null Grad, doch Schnee war nicht in Sicht. Man schrieb den neunzehnten Januar zweitausendneunzehn; ein Samstag. Ulrike und Hermann hatten ein bekanntes Ehepaar eingeladen. Die Beiden kamen mit dem Bus aus Köln angereist, sonst wäre ein Glas Wein zum Essen verboten. Alkohol und Autofahren vertragen sich per Gesetz schon nicht, geschweige, wenn man seinen gesunden Menschenverstand einschaltet. Wie oft das allerdings nicht geschieht, sieht man an den steigenden Unfallzahlen! Ulrike und Hermann nahmen die Beiden gegen elf Uhr vormittags an der Haltestelle in Schlebusch in Empfang und fuhren dann gemeinsam, mit dem Auto der Gastgeber, nach Altenberg. Ulrike hatte in dem erwählten Restaurant einen Tisch für vier Personen bestellt. Der Parkplatz war noch verhältnismäßig leer, nun ja, es war gerade mal elf Uhr dreißig. Die Vier betraten das Restaurant im Hotel Wisskirchen und wurden von der Bedienung an ihren Tisch geführt.
Es gab viel zu erzählen; das Essen … die Damen entschieden sich für einen Salatteller, die Herren für Hirschbraten … war ausgezeichnet und wurde für den Autofahrer mit einem alkoholfreien (!) Pils gekrönt. Dieser Art gestärkt machen sie sich auf, die Gegend zu erkunden. Die erste Station war, wie konnte es anders sein, der Altenberger Dom. Beim Eintreten wurden sie mit satten Orgelklängen empfangen. Ein Rundgang, innehalten vor dem Altar, dann entzündete jeder eine Kerze. Das konnte auf keinen Fall schaden.
Die zweite Station hieß dann: Domladen. Ulrike kam bei keinem Besuch daran vorbei, ohne mal reinzugucken und, wenn möglich, ein Stück besonderer Seife mitzunehmen. Diesmal gab es leider

keine und so konnte sich auch niemand zum Kauf einer anderen Ware entschließen.

Die Dritte und letzte Station hieß: Altenberger Märchenwald. Der wurde zwar für Kinder erdacht, ist aber auch für Erwachsene einfach hübsch anzusehen und immer ein paar Fotos wert. Überrascht ließen Ulrike und Hermann es zu, dass ihre Gäste darauf bestanden, den Eintritt zu bezahlen.

Aus früheren Besuchen, die allerdings immer in einer wärmeren Jahreszeit stattfanden, kannten sie alle dargestellten Märchen. Diese Attraktion gibt es seit nunmehr neunzig Jahren und sicher haben sich viele tausend Besucher auf den Rundweg mit den zwanzig Stationen der Grimm'schen Märchen gemacht. Zu dieser Jahreszeit konnte man vor jedem der kleinen Häuschen in Ruhe zuhören, denn die Märchen wurden – via Lautsprecher – erzählt. Also verfolgen wir die einzelnen Geschichten:

1. Die Gänsemagd
2. Der Froschkönig
3. Rumpelstilzchen
4. Aschenputtel
5. Die 7 Raben
6. Schneewittchen
7. Rapunzel

… hier war der Zopf wohl eingefroren, er hing einfach nur herunter und reagierte nicht auf den Zuruf: Rapunzel lass dein Haar herunter!

8. Der gestiefelte Kater

… er spazierte sonst auf dem Rand des Daches einer Mühle, jetzt hielt er sich im Innern auf. Weiter ging es zu

9. Frau Holle
10. Tischlein deck dich

und in der weiteren Reihenfolge: Der Wolf und die sieben Geißlein – Die Bremer Stadtmusikanten – Hänsel und Gretel – Rotkäppchen

– Schneeweißchen und Rosenrot – Brüderchen und Schwesterchen – Max und Moritz, und kurz vor dem Ausgang als Krönung:
Die *Kölner Heinzelmännchen*.
Die Nähe zu Köln ist ja nicht zu leugnen.
Alle Märchen sind mit viel Liebe und Detail getreu dargestellt und die Vier waren in ihren Gedanken wieder in ihrer Kindheit angekommen.

Es war ein gelungener Nachmittag, der mit einen Kaffee und einen Stück Dresdner Stollen, erstanden im Hotel Wisskirchen, bei Ulrike und Hermann daheim ausklang. Danach begleiteten die Beiden ihre Gäste noch zur Bushaltestelle im Ort und verabschiedeten sich herzlich mit den Worten: Schön war's!

Er hat's nicht leicht…!

Manchmal ist es kaum zu glauben,
will man uns den Schnee doch rauben,
und der arme Weihnachtsmann
den Schlitten wohl verkaufen kann!

Das Rentier freut sich allerdings,
findet Gras noch rechts und links
und die Hausbesitzer jauchzen,
brauchen keinen Schnee zu schaufeln

Aus ist's mit der Schneeballschlacht,
'nen Schneemann hat man mal gemacht,
auch Teppich klopfen im Schnee fällt weg,
nur saugen hilft noch gegen Dreck.

Und Gletscher, einstmals riesengroß,
sind ohne Schnee bald wirkungslos,
nichts hält zusammen mehr den Fels,
Lawinen rauschen zu Tal ganz schnell.

Teiche werden in den Berg gebaut,
mit Schneekanonen die Umwelt versaut,
Hotels und Pensionen stehen im Winter leer
und die, die davon leben, kriegen Hartz IV!

Schneeketten werden nicht mehr gebraucht,
Winterreifen sind total out…
Was machen wir im Frühjahr ohne Schnee,
ich schon trockene Bächlein seh'…

Also – was tun, wenn die Menschen
der Erwärmung nicht Einhalt gebieten,
wer erklärt unseren Kindern
wo im Winter der Schnee geblieben…

Wer macht sich Gedanken, wenn es nicht mehr friert,
was mit unserer Ernährung passiert.
Kein Schnee deckt unsere Wintersaat zu
und Parasiten vermehren sich im Nu.

Ich fürchte, wenn's im Winter gibt keinen Schnee,
das alles kommt runter als Regen
und der Weihnachtsmann in seiner Not,
kommt zu den Kindern am Heiligabend mit dem Boot!

Auch ich habe kein Patentrezept,
wie man es ändern könnte – jetzt,
um nicht einmal in die Welt zu schreien,
lieber Gott, lass es bei uns wieder schneien!

Eher glaube ich, ehe die Menschen vernünftig werden,
wird unsere schöne Welt sich andersrum drehen
und da, wo jetzt ist blühendes Land,
in einigen Jahren ist nur noch Sand.

Der Weihnachtsmann käme mit einem Kamel,
oder er könnte einen Schlitten mit breiten Kufen nehmen
und statt dickem Mantel und Zipfelmütze,
kommt er im T-Shirt, um nicht so zu schwitzen…

Jahres(-Zeiten)wechsel

Nun ist das Jahr zweitausendachtzehn vorbei,
die Politiker machten sehr viel Geschrei,
sie wollten alles besser machen,
nix ist passiert, es ist zum Lachen (?).

Katastrophen auf der Welt gab es zuhauf,
die Kriegstreiber gehen nirgendwo aus,
mit der Natur wird nicht pfleglich umgegangen,
vielerorts Menschen um ihr Leben bangen.

Auch wird unsere Erde weiterhin ausgehöhlt,
Kohle, Erze, Öl – bis nix mehr geht ...
Es fehlt nicht an Mahnern und klugen Köpfen,
die suchen nach Lösungen immer öfter.

Auch auf der Erde, von Menschen Hand,
wird Chemie versprüht und Wald verbrannt,
und wenn wir erst das Grundwasser versauen,
dann müssen wir das restliche Eis von den Polen klauen.

Nun ist zweitausendneunzehn – wir sollten nicht klagen und
hoffen, dass sich die Menschen besser vertragen,
dass Leute mit viel zu viel Geld
etwas abgeben ... den Armen der Welt.

Man kann ja anderer Meinung sein,
doch sollte man miteinander reden, das wäre fein,
das wünsche ich für die Welt, meine Familie und mich,
dann wär' auch ich im Neuen Jahr richtig glücklich.

Der Kalender

Wer an den Kalender denkt...
zuerst an den, der aufgehängt,
ob in der Firma oder zu Haus',
in jedem Bahnhof gibt es ihn auch.

Kalender gibt's gar viele Arten
Tisch- und Faltkalender, Kalenderkarten.
Dann ist da einer für die Termine,
der andere für den Geburtstag der Lieben.
Kalender gibt es für's Horoskop...
Kalender auch für Kultur und Sport.
Kalender gibt es sogar für Blinde,
damit auch sie das Datum finden.

Nicht zu vergessen: *die* mit den tollen Motiven,
für Leute, die Autos oder Tiere lieben.
Mit Landschaften in allen Jahreszeiten...
auch Kalender mit klugen Köpfen uns begleiten.

Von jeder Firma, die was auf sich hält,
wird ein eigener Kalender hergestellt.
Und kommt einem eine Frage in den Sinn,
die Antwort steht sicher in einem Kalender drin!

Die Moral von der Geschicht'
ohne Kalender geht es nicht.
es sei denn, das letzte Stündlein ist gekommen,
doch – auch dann wird er zur Hand genommen.

Eine Hausfrau zum Jahreswechsel

Endlich ist der Stress vorbei ...
Nun hat das Neue Jahr begonnen;
Was gab es nicht alles zu besorgen,
Damit die Familie sich konnte *sonnen*!

Erst die Geschenke für die Lieben,
An Freunde und Bekannte Karten geschrieben;
Ein Weihnachtsbaum, *der Beste*, na klar ...
Man gönnt sich ja sonst nix –
eine Nordmanntanne war.

Speisen und Getränke, natürlich alles frisch ...
Sollten für die Lieben auf den Tisch!
Dann der letzte Tag im Jahr ...
Raketen her – na wunderbar!

Wer denkt denn schon nach, ob's in der Welt knallt,
Ob jeder noch etwas zu essen hat.
Wir wollen doch alle nur ein wenig Spaß,
Die bösen Geister vertreiben – oder so etwas!

Nun beginnt endlich ein neues Jahr,
Mit weniger Katastrophen ... hoffen wir mal!
So ganz nebenbei – Europa wächst zusammen,
Mussten uns an neues Geld gewöhnen, alle.

Wie sagt der Kaufmann an der Ecke?
Jetzt geht's uns gut; es kostet alles nur noch die Hälfte!!!
Bald sind auch die letzten Lichter erloschen,
Keiner hat mehr auch nur einen Groschen,
Und die Müllabfuhr kommt den Abfall holen.

Ein paar Tage Ruhe, man denkt noch mal nach,
Alles in allem eine schöne Weihnacht.
Auch der Übergang ins Neue Jahr ...
Die Familie zufrieden war.

Oh Schreck, die besinnlichen Tage sind vorbei,
Die nächsten Termine kommen herbei!
Geburtstage – Karneval – den Urlaub planen,
Der Stress hat uns am Haken
auch im neuen Jahr!

Erschienen 2015

Geschichten aus der Zeit zweier Deutscher Staaten aus Sicht eines westdeutschen Bürgers

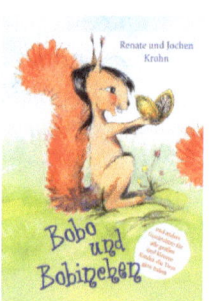

Erschienen 2016

Tiergeschichten für kleine und auch große Kinder

Erschienen 2017

…ein bisschen hiervon und ein bisschen davon – alles was eine gemütliche Lesestunde ausmacht

Erschienen 2018

Geschichten zum Schmunzeln und Nachdenken

In Vorbereitung: ***Warum musste Helenchen sterben***
          Roman
          Renate Krohn